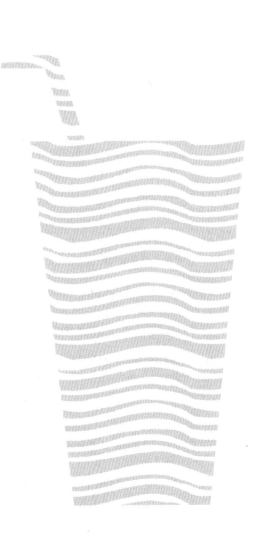

소설 보다: 여름 2024

펴낸날   2024년 6월 7일

지은이   서장원 예소연 함윤이
펴낸이   이광호
주간   이근혜
편집   이주이 유하은 김필균 허단 윤소진
마케팅   이가은 최지애 허황 남미리 맹정현
제작   강병석
펴낸곳   ㈜문학과지성사
등록번호   제1993-000098호
주소   04034 서울 마포구 잔다리로7길 18(서교동 377-20)
전화   02) 338-7224
팩스   02) 323-4180(편집) 02) 338-7221(영업)
대표메일   moonji@moonji.com
저작권 문의   copyright@moonji.com
홈페이지   www.moonji.com

소
설
보
다

여
름

2024

차례

7

서장원
리틀 프라이드

35

인터뷰
서장원×조연정

49

예소연
그 개와 혁명

84

인터뷰
예소연×홍성희

99

함윤이
천사들(가제)

139

인터뷰
함윤이×이소

리틀 프라이드

서장원

2020년 『동아일보』 신춘문예를 통해
작품 활동을 시작했다.
소설집 『당신이 모르는 이야기』가 있다.

오스틴의 사진을 받은 건 목요일 오후 4시, 휴게실 커피 머신 앞에서 커피를 더 마실지 말지 고민하고 있을 때였다. 오스틴은 둥근 금속 고정 장치를 부착하고 있는 두 다리와 그 위로 엄지를 치켜올리고 있는 왼손을 찍어 보냈다. 병실에서 혼자 찍은 사진 같았다. 나는 그 사진의 의미를 단박에 파악했다.

— 오스틴, 결국 한 건가요?

— 네, 지난달에요. 지금은 쑥쑥 크는 중입니다.

마지막으로 긴 대화를 나누었을 때 오스틴은 회사를 그만두고 키 크는 수술을 할 거라는 얘기를 했었다. 사지연장술에 대한 이런저런 정보를 모으고 있다면서, 꽤 오래전부터 활용되고 있다는 일리자로프 방식부터 최근에 개발된 LON 수술까지, 대퇴골을 늘이는 여러 가지 방법을 내게 설명해줬다. 오스틴은 최신식 수술법의 경우 재활 기간도 비교적 짧고 고통도 덜하다고 말했지만, 내가 듣기에는 충분히 길고 고통스러운 과정 같았다. 그는 기어이 그 수술을 받은 모양이었다. 나는 대단하다며 엄지를 치켜든 이모티콘을 여러 개 보내주었다. 오스틴은 곧바로 답장을 보냈다.

— 그런데 있잖아요, 토미. 부탁 하나 들어줄 수 있나요?

— 어떤 부탁이요?

리틀 프라이드

그렇게 답장하며 나도 모르게 미간을 찌푸렸다. 귀찮은 일에 휘말릴지 모른다고 생각했던 것 같다.

— 한참 전에 주문한 택배가 이제야 사무실에 도착했다고 해서요. 그것 좀 병원으로 가져다줄 수 있나요? 오랜만에 얼굴 보고 얘기도 하고 싶고요.

나는 답장하지 않은 채 휴게실에서 나와 여전히 공석으로 남아 있는 오스틴의 자리로 걸어갔다. 그곳은 이제 간이 창고처럼 쓰이고 있어서 빈 박스며 뽁뽁이, 친환경 종이 완충재, 포장용 테이프 등이 책상 아래 잔뜩 쌓여 있었다. 오스틴의 말대로, 빈 박스들 사이에서 해외 송장이 붙은 조그만 상자 하나가 보였다.

오스틴이 떠난 지도 이제 세 달이 다 되어갔다. 오스틴이 퇴사하기 전에는 자리가 지금보다 더 정신없었다. 오스틴이 좀처럼 주변을 정리하지 않았던 탓에 책상 위에는 알 수 없는 서류며 파일 들, 각종 패션 서적이 어지럽게 놓여 있었고, 바닥에는 늘 뜯지 않은 택배가 적어도 서너 개쯤은 쌓여 있었다. 오스틴은 그 너저분한 자리에서 영상을 편집하고, 회의 자료를 만들고, 자신만 알아볼 수 있는 인터뷰 원고를 썼다. 한때는 내 자리에서 고개만 살짝 돌려도 그 모습을 다 볼 수 있었다. 한때 오스틴은 이 회사의 개국공신으로 대접받았다. 나는 그 사실을 입사한 첫날에 알게 됐다. 인사 팀 팀장은 나를 데리고 사무실을 돌며 직원들을 한 명씩 소개했는데, 소셜마케팅 팀의 오스틴을 두고는 '우리 회사에서 오스틴을 모르면 간첩'이라고 농담을 했다. 그가 기획하고 출연한 길거리 인터뷰 영상들이 인스타그램 릴스에서 조회 수 대박을 터뜨린 것을 두고 한 말이었다.

이곳 올드독코퍼레이션은 빈티지 의류 마니아를 위한 중고 마켓 겸 커뮤니케이션 앱 '올드독'을 만드는 회사다. 직원들은 자기 직장에 대해 질문받으면 이렇게 대답한다. "무신사와 당근마켓 사이의 IT 스타트업." 오스틴은 이 회사의 초창기 멤버 중 하나였다. 틱톡 열풍이 불어오며 인스타그램 릴스와 유튜브 숏폼 등 짧은 영상 플랫폼이 막 만들어지기 시작할 즘, 그는 소셜마케팅 팀도 카메라를 들고 거리로 나서보자고 의견을 냈다. 성수나 홍대 등지에서 빈티지 의류를 차려입은 젊은이들을 만나 자기 패션에 대해 듣는 짧은 영상을 만들면 인스타그램에서 분명 반향이 있을 거라는 얘기였다. 또 그는 자신이 인터뷰어로서 잘해낼 수 있다고도 장담했는데, 결과적으로 그의 말이 다 맞았다. 그가 기획한 영상은 곧 수만 회의 조회 수를 기록하며 패션에 관심 많은 젊은이들 사이에서 회자되

리틀 프라이드

기 시작했다.

나 역시 그 영상들을 몇 번 본 적이 있었다. 인터뷰어인 오스틴 역시 영상의 일부로 등장했는데, 화면 속의 그는 회전의자에 구부정하게 앉아 모니터를 들여다보는 남자와는 사뭇 달랐다. 그는 함께 선 인터뷰이에게 빈티지 의류를 구매한 이유를 묻고는, 어쩌다 새옷이 아닌 낡은 옷에 빠지게 되었는지, 빈티지 패션의 매력이 뭐라고 생각하는지 자연스럽게 이야기를 끌어냈다. 필요할 경우엔 패션 산업에 대한 이야기도 곧잘 덧붙였다. 그의 이야기를 듣는 것만으로도 빈티지 의류 시장에 대해 많은 것을 알 수 있었다. 이를테면 파타고니아 플리스의 시대별 디자인 변화나, 알파인더스트리가 만든 야상과 항공 점퍼의 내구성, 1980년대 일본 의류 제조업의 위상에 대해서. 화면 속 오스틴은 박학다식하고 재치가 넘쳤고, 인터뷰이의 옷차림이나 외모를 띄워주기 위해 호들갑을 떨어댔다. 그는 나와는 전혀 다른 부류의 사람 같았고, 내가 절대로 될 수 없는 남자처럼 보였다.

물론 모든 면에서 그렇다고 말할 수는 없었다. 오스틴은 신장이 164센티미터인 나보다 키가 작은 극소수의 남자 중 하나였고, 그런 점에서 나는 그에게 미약한 동지 의식을 느끼고 있었다. 한편으론 릴스 속의 그가 유쾌한 코미디언처럼 행동하는 데에는 아마 이런 상황이 작용하고 있을 거라고 짐작하기도 했다. 외모가 멋지지 못한 남자가 여러 사람에게 호감을 사고 주목받기 위해서 가져야 하는 캐릭터를 오스틴이 아주 잘 연기하고 있다고 말이다. 그건 내가 트랜스남성으로서 될 수 있는 한 익혀야 했던, 그러나 전혀 익히지 못했던 것 중 하나였다. 회사를 다니는 동안 내가 가장 어려워했던 것도 바로 그런 종류의 자기 연출이었다. 나는 어떻게 해야 괜찮은 남자로 보일 수 있는지, 남자로 인정받을 수 있는지 알지 못했다. 어쩌다 다른 직원과 스몰 토크라도 주고받고 나면 방금 한 말과 보디랭귀지가 적절했는지 점검하느라 머릿속이 복잡해졌다. 물론 예전처럼 불을 끄고 샤워하거나 공중화장실 휴지통에 쌓여 있는 생리대를 보고 패닉에 빠지는 일보다는 이쪽이 훨씬 나았다. 결코 이전의 삶과 비교할 수는 없었다. 하지만 그렇다고 해도 정말 피곤한 일이었다. 때로는 내가 맡은 직무보다, 왕복 세 시간을 쏟아야 하는 출퇴근길보다, 농담 한마디를 받아치는 일이 더 힘겨울 정도로.

내가 남성으로 패싱되기 시작한 시점이 정확히 언제인지는 모르겠다. 아주 어렸을 때는 대부분의 사람이 나를 남자애로 봤다. 고등학생 시절에는 그보다 두세 살 어린 남자 중학생처럼 보였고, 스무 살이 넘어서도 한동안은 그렇게 보였다. 그건 내가 바라는 모습과 다소 차이가 있었지만, 그래도 최악은 아니었다. 최악은 누군가 나를 여자로 보는 것이었다. 아직 남자친구를 사귀는 데 관심 없고 멋을 부리지 않는 순진한 젊은 아가씨로. 다행히 호르몬 주사를 맞기 시작하고 서너 달이 지나자 누구도 나를 그렇게 바라보지 않았다. 대신 공공장소에서 도저히 무시할 수 없는 집요한 시선을 받는 일은 몇 번 있었는데, 탑 수술까지 마친 뒤로는 그런 일도 없어졌다. 탑 수술 이후, 한동안은 길을 걷다가 문득 멈춰 서곤 했다. 길거리의 가게 유리창에 비친 내 모습을 가만히 바라보기 위해서였다. 달라진 실루엣을 보고 있으면 당시에 유행하던 영화 속 대사가 머릿속에 맴돌았다. 마침내. 그래, 마침내.

올드독코퍼레이션에 합격했을 때는 그즈음이 내 인생에서 가장 순조로운 시기라고 믿기도 했다. 입사하고 얼마 되지 않아 혜령과 헤어지며 그렇지 않은 것으로 판명이 났지만, 당시에는 그랬다. 면접을 치르고 온 날 밤에 혜령과 나누었던 대화가 기억난다. 나는 혜령에게 대표의 영어 이름을 맞혀보라고 퀴즈를 냈다. 이 회사는 수평적인 문화를 지향한다며 서로를 영어 이름으로 부르는데, 대표의 이름이 아주 인상적이라고.

"뭐…… 오스카, 에이드리언 이런 쪽인가?"

"아니야. 힌트를 줄게. 영화감독 이름이야."

"아, 설마, 쿠엔틴이야? 쿠엔틴 타란티노의 쿠엔틴?"

"맞아. 그 사람 자기가 앨라이라고 했어."

우리는 한동안 깔깔거리며 쿠엔틴, 쿠엔틴 하고 중얼거렸다. 우리는 그즈음 자주 들락거리던 칵테일 바에 앉아 있었다. 퀴어 프렌들리한 콘셉트를 내세운, 바 뒤쪽의 진열장에 무지개 깃발을 걸어둔 곳이었다.

"내 생각엔 왠지 합격할 것 같아."

나는 그 무지개 깃발을 바라보며, 밝은 조명 아래서 그게 얼마나 꼬질꼬질할지 상상하면서 말했다.

"쿠엔틴이란 이름을 사용하는 사람이라면, 자기가 편견 없는 사람이라는 걸 증명하려고 트랜스젠더를 고용할 것 같기도 해."

내 말에 혜령은 고개를 설레설레 저었다. 그즈음 혜령은 내가 좋지 않은 상황을 너무나 집요하게 생각한다고, 그런 관점을 자신에게도 주입하려 애쓴다고 말하곤 했다. 그런 점이 그녀를 지치게 한다고.

"만약 거기 합격하면 그건 그냥 네가 잘나서야. 지금 능력이 좋든 잠재력을 인정받았든."

리틀 프라이드

혜령은 그렇게 말했다. 물론 나도 그 말을 전적으로 믿고 싶었지만, 그때나 지금이나 그러기가 어렵다. 사실 나는 트랜스젠더인 나를, 법적 성별이 여전히 여성으로 남아 있는 나를 채용해준 쿠엔틴에 대해 지금까지도 고마운 마음을 가지고 있다. 그에게 고마워하는 것은 언젠가 혜령이 지적한 것처럼 비굴한 태도이며, 퀴어로서 프라이드가 부족한 것이라 하더라도 마음이 그렇게 되어버린다. 그리고 가끔은 오스틴에 대해서도 엇비슷한 마음이 든다. 그에게는 고맙다기보다는, 친밀함 같은 걸 느낀다고 해야 맞겠지만.

업무상으로 나와 아무 접점이 없던 오스틴이 내게 문득 말을 걸어온 건 닷새간의 명절 연휴를 하루 앞둔 오후였다. 오스틴은 휴게실에서 커피를 내리고 과자를 챙기고 있던 내게 다가와 우리가 동문인 걸 아느냐고 물었다.

"제가 거기 신문방송학과 09학번이거든요."

"아, 정말요?"

그 순간에 내가 어떤 표정을 하고 있었을지 잘 모르겠다. 나는 그 몇 초 안 되는 짧은 순간 동안 오스틴이 어쩌다 내 출신 학교를 알게 된 것인지, 그가 대학 시절의, 트랜지션 이전의 나를 알았을 가능성이 얼마나 될지를 생각했다. 09학번이라면 전공이 다르더라도 학교에 다닌 시기가 1년쯤은 겹칠 터였다.

"저희 식사 한번 같이해요. 대학 후배인 줄 알았으면 진작 얘기했을 텐데."

오스틴은 그렇게 말했다. 그 순간에는 어째선지 불안감이 살짝 찾아들었는데, 우리에게 같은 카테고리가 있음을 그가 재차 강조해서 그랬던 것 같다. 어쨌거나 우리는 연휴가 끝난 뒤 회사 인근의 멕시코 식당에서 점심 식사를 함께하기로 했다. 결론적으로, 오스틴과의 첫 만남은 아주 즐거웠다. 오스틴은 대학 시절의 나에 대해 전혀 모르는 눈치였고, 우리는 타코와 케사디야, 칠리프렌치프라이를 우적거리며 자기 직무에 대해 농담을 했다. 나는 쿠엔틴이 가볍게 주문하는 일들, 이를테면 올드독 앱의 중고 거래 게시판에 사이즈 카테고리를 추가하는 일에 얼마나 많은 품이 드는지를 얘기했고, 오스틴은 사람들이 좋아할 만한 빈티지 힙스터를 찾는 일이 얼마나 어려운지 투덜댔다. 나는 그의 고초를 이해할 수 있었다. 올드독 인스타그램 릴스에서 가장 화제가 된 인터뷰이들은 빈티지 의류를 멋스럽게 차려입은 남자들이었다. 정확히 말하자면, 샤이아 러버프에게서 자기 패션의 영감을 얻는 것 같은, 비율 좋고 잘생긴 남자들. 얼핏 생각하기에도 그런 남자들을 찾는 건 쉽지 않을 듯했다.

"여기 직원들을 찍으면 편할 텐데요."

나는 말했다. 당연한 얘기겠지만, 올드독에는 빈티지 패션에 관심 많고 꾸미기 좋아하는 남자들이 한가득 있었다.

"그래도 되겠네요. 여기는 참 멋있는 분들이 많죠?"

"맞아요."

우리는 정말 그렇다는 듯 입가에 타코 소스를 묻힌 채 한동안 고개를 끄덕거렸다. 나는 문득 생각이 나서, 실은 오스틴에 대해 들은 적이 있다고 말했다. 입사 후 참석했던 유일한 단체 회식에서 브랜드마케팅 팀 직원 하나가 전한 이야기인데, 그에 따르면 오스틴은 놀랍도록 눈썰미가 좋아서, 슬쩍 보고도 이 옷이 진짜 폴로인지 아닌지 알 수 있었다. 심지어 진품이 맞다면 대략 언제쯤 생산된 제품인지까지 알아맞힐 수 있었다. 나는 그게 정말인지 오스틴에게 물었다.

"제가 예쁜 걸 잘 알아봐요."

오스틴은 내 이야기의 진위를 가려주는 대신 빙그레 웃으며 그렇게만 대답했다. 그리고 나는 그가 한 말을 곧바로 이해했다. 그는 미남이 아니었고, 왜소한 체격에 팔다리 비율이 좋지도 않았다. 그럼에도 그는 길거리를 돌아다니며 빈티지 의류를 차려입은 미남들,

모델 같은 신체 비율을 가진 남자들을 찾아다녔다. 그건 결코 유쾌한 일이 아닐 것 같았다.

"저는 예쁜 게 뭔지 잘 모르겠어요. 여기서 일하면서 이렇게 보는 눈이 없으면 안 될 것 같은데."

나는 분위기를 풀어볼 작정으로 그렇게 말했다. 그러자 오스틴은 차라리 그게 좋지 않느냐고 대꾸했다.

"여기 올드독 거래 게시판 보면, 옷을 산더미처럼 쌓아두고도 20년 전에 나온 파타고니아 신칠라를 사려고 50만 원을 태우는 사람들이 있어요. 여기 대표는 빈티지 패션을 가지고 친환경이니 대안적 패션이니 하는데, 누가 그걸 믿겠어요. 그냥…… 예쁜 거에 눈이 회까닥하게 하는 것 같아요."

나는 고개를 끄덕였다. 사실 입사하고 나서 느낀, 회사에 대한 내 감상도 정확히 그랬다. 지속 가능한 패션이라고는 하지만 사실 이곳에서 파는 건 그냥 헌 옷이 아니었다. 그보다는 특정 브랜드가 특정 기간에 생산해낸 것으로 셀링 포인트를 잡은, 출고가의 몇 배를 웃도는 리셀 제품이라고 보는 편이 맞았다.

"다들 예쁜 걸 좋아하니까요."

"맞아요. 옷도 사람도 그렇죠."

곧 오스틴은 이 근처에 괜찮은 로스터리 카페가 있다고, 거기에 가보자고 화제를 돌렸다. 오스틴이 골라

준 향이 좋은 커피를 마시던 오후, 나는 언젠가 혜령과 퀴어 퍼레이드를 따라 걷던 날을 떠올렸다. 무척 더운 날이었는데도, 퍼레이드 행렬은 그늘 한 점 없는 아스팔트 도로로 나아갔다. 우리 앞의 트럭에선 상의를 벗고 몸 여기저기에 무지개 모양이나 'QUEER' 혹은 'PRIDE'라고 보디페인팅을 한 남자 여럿이 타고 있었다. 원래는 그 위에서 간단한 공연을 하거나 구호를 외치려던 것 같았는데, 더위 탓인지 그들은 그저 트럭 난간을 짚고 한 번씩 손을 흔들어주며 트럭 아래쪽을 내려다보고만 있었다. 그들의 땀으로 번들거리는, 잘 다듬어진 예쁜 몸을 나는 조금 서글픈 심정으로 지켜봤다. 그때 나는 이미 탑 수술을 성공적으로 마친 뒤였지만 그들처럼 웃통을 벗고 싶지는 않았다.

그날 이후로도 나는 오스틴과 종종 점심을 함께했다. 둘 다 야근을 하는 날도 잦아져서, 같이 저녁을 먹는 일도 몇 번 있었다. 다른 사람들과 달리 오스틴과 함께 있으면 마음이 편할 때가 많았는데, 이제 와 돌이켜보면 그가 내 앞에서 감정적인 모습을 자주 드러내서 그렇지 않았나 싶다. 그는 대표 쿠엔틴과 임원들에 대해, 자기에게 집중되는 업무와 거기서 오는 피로에 대해 분통을 터뜨리곤 했다. 소셜마케팅 팀은 사내

에서 가장 바쁜 팀이자 유일하게 팀장이 없는 팀이었
고, 파트장인 오스틴이 특유의 넉살을 발휘해 팀원들
을 북돋우며 실질적인 팀장의 역할을 하는 듯 보였다.
팀원들 앞에서 감정적인 모습을 내비칠 순 없었을 것
이다. 물론, 이건 내가 은연중에 재구성한 이야기인지
도 모른다. 내게는 언제나 나를 잡아줄 사람, 여기 있
어도 괜찮다고 말해줄 사람이 필요했고 올드독에서
는 때마침 내게 말을 걸어준 오스틴이 바로 그런 사람
이라고 생각했던 건지도 모른다. 그러니 그가 2주간의
정직 처분을 마치고 복귀했을 때 내가 맥주를 한잔하
자고 제안한 것도 자연스러운 일이겠다. 금요일 저녁
이었고, 9시가 넘도록 사무실에 남아 있는 이라곤 우
리 둘뿐이었다.

"맥주 좋아요."

오스틴은 내 제안에 그렇게 답했고, 일어서서 의자
에 걸어두었던 외투를 집어 들었다. 우리는 사무실
을 돌아다니며 전등을 모두 끈 다음 밤거리로 나섰다.
10월이었지만 공기가 후텁지근해서 거리에는 아직 여
름밤의 분위기가 남아 있었다. 우리는 해마다 더워지
는 날씨와, 이 변화가 올드독에 어떤 영향을 미칠지 이
야기하며 멕시코 식당까지 걸어갔다. 도착할 때까지,
나도 오스틴도 최근에 있었던 소동에 대해 일절 언급

하지 않았다. 그가 그 일에 대해 이야기를 시작한 것은 맥주 한 병을 다 들이켠 다음이었다. 그는 자기 휴대전화에 저장되어 있던 '그 커플'의 인터뷰 영상을 보여주었다. 그들은 오스틴보다, 나보다 더 젊어 보였고 미남미녀였다. 물론 사람들은 그들을 두고 미남미녀라고 말하는 대신 선남선녀라고 에두르겠지만 속물적으로 말하자면 그랬다.

영상 속에서 세 사람은 아주 화기애애했다. 오스틴은 1990년대에 생산된 나이키 맨투맨을 커플룩으로 차려입은 연인을 발견하고 다가간다. 두 사람은 물론 오스틴을 알고 있다. 심지어 오스틴이 마음에 드는 대상을 찾아냈을 때 외치는 멘트를 함께 소리친다. "오스티너스!" 오스틴은 여느 때처럼 패션을 칭찬하고 둘이 어떻게 만났는지 묻는다. 곧 이야기는 두 사람이 빈티지 의류에 빠져 성수동 일대의 빈티지 옷 가게를 순회하는 이야기로 넘어간다. 최근에 두 사람은 영국에서 생산된 보이런던을 찾아다니고 있다며 웃는다.

문제는 이다음, 두 사람의 인터뷰 영상이 올드독의 유튜브와 인스타그램에 게시된 후에 일어났다. 여자는 오스틴의 개인 인스타그램에 찾아와 영상을 내려달라고 부탁했다. 며칠 사이에 남자친구와 헤어지게 되었으며, 함께 있는 모습을 사람들에게 보이고 싶지 않다는 것이었다. 오스틴과 여자의 말이 비슷한 건 여기까지다. 그 뒤로는 두 사람의 이야기가 완전히 달랐다. 오스틴은 자기가 흔쾌히 영상을 삭제하겠다고 답장했으며, 이에 더해 여자를 위로해주었다고 주장했다. 남자친구와 헤어지게 되어 안타깝다고, 그러나 곧 좋은 인연을 만나게 될 거라고, 그렇게 메시지를 보냈을 뿐이라고. 그러나 나중에 여자가 설명한 바에 따르면, 오스틴은 영상을 삭제해줄 테니 자기와 만나 커피를 마시면 어떻겠느냐고 추근댔다. 곧 여자는 오스틴과 주고받은 디엠을 캡처해 자신의 인스타 스토리에 게시했다. 그때까지도 오스틴은 캡처 이미지가 악의적으로 대화 내용을 편집한 거라고 주장했지만, 누구도 그 말을 곧이들을 순 없었다. 올드독은 곧 공식적인 사과문을 SNS에 게시했는데, 그 사과문은 쿠엔틴이 직접 쓴 것이라고들 했다. 사과문 속에는 해당 직원을 징계하겠다는 내용도 들어 있었다. 오스틴은 그 사과문을 통해서 자신이 징계 대상임을 알게 됐다. 오스틴은 시말서를 썼고, 2주 동안의 정직 처분을 받았다.

"그 여자 일부러 그런 거예요. 자기가 차인 걸 가지고 나한테 화풀이를 하려고."

오스틴은 코로나 맥주병을 탁 소리가 나게 테이블에 내려놓으며 중얼거렸다.

리틀 프라이드

"그 여자가 차였는지 찼는지 어떻게 알아요?"

"딱 보면 알죠. 딱 봐도…… 페미 같잖아요. 페미니까 차인 거죠."

"네?"

"머리가 짧으니까요."

오스틴은 말했다. 나는 그가 진심으로 그렇게 믿고 있다는 걸, 그의 목소리와 표정으로 알 수 있었다. 내 옆 테이블에 앉아 있던 여자들이 일순간 조용해지는 것이 느껴졌다. 여자들은 곧 의자를 일부러 소리 나게 밀치며 자리에서 일어났고, 주문서와 가방을 챙겨 자리를 뜰 준비를 했다.

"오스틴, 취한 것 같아요."

"이 정도로요?"

오스틴은 코로나 맥주병을 손가락으로 튕기며 웃었다. 그는 자신을 편들어줄 남자를 만나 기쁜 것 같았다. 사실 그건 내가 예상했어야 하는 일이었다. 나 역시 오스틴에게 정말 억울한 사연이 숨겨져 있거나, 그가 진심으로 반성하고 있다고 믿었던 것은 아니니까. 거기까지 생각이 미치자 마음 깊은 곳에서 수치심이 몰려왔다. 나는 제법 괜찮아 보였던 오스틴이란 남자에게 동료로 받아들여지길 바랐고, 그가 질 나쁜 남자인 것이 밝혀진 뒤에도 그 마음을 내려놓지 못했다. 나는 괴롭고 불편한 심정으로 오스틴이 맥주를 주문하는 모습을, 직원이 새로 가져다준 코로나 맥주병을 집어 들며 들뜬 목소리로 이야기를 이어가는 모습을 지켜봤다.

"사실 뭐가 문제인지 알아요."

"뭐가 문젠데요?"

"저도 좀 달라져보려고 해요. 그러니까 외모를 좀 바꿔보려고요."

오스틴은 그렇게 말하고 병을 집어 맥주를 들이켰다.

"뭐, 쌍수라도 한다는 얘기예요? 그게 해결책이라고요?"

"아니요." 오스틴은 맥주를 홀짝이고 말을 이어갔다. "훨씬 더 큰 수술이에요. 대수술이죠. 회사도 그만둬야 할 거예요."

오스틴은 휴대폰을 꺼내 몇 가지 이미지를 보여줬다. 상단에 '비포&애프터'라고 적혀 있는, 같은 사람이 서 있는 모습을 나란히 이어 붙인 사진들이었다. 나는 오스틴의 의도를 알아챘다. 오스틴은 사지연장술에 대해 말하고 있었다. 그거라면 예전에 나도 잠깐 검색해본 적이 있었다. 상당한 비용과 시간이 필요한 수술이었다.

"이거…… 정말 힘들지 않나요? 여러모로요."

리틀 프라이드

오스틴은 다 안다는 듯 고개를 끄덕였다. 그는 사지 연장술에 대해 한참 설명한 다음, 이제 거의 마음을 굳혔다고 덧붙였다.

"그렇게 해서, 새출발을 하고 싶어요. 좋은 여자도 만나고요, 페미가 아닌 좋은 여자."

그러고는 그 자리가 어떻게 흘러갔는지 모르겠다. 오스틴은 점점 더 취했고, 자기를 모독한 짧은 머리 여자와 해명의 기회를 주지 않은 쿠엔틴, 자신을 외면하는 동료들에 대해 분통을 터뜨렸고, 다시 사지연장술로 화제를 돌려 내게는 끔찍하게만 들리는 온갖 수술법을 설명했다. 직원 하나가 우리 테이블로 다가와 문을 닫을 시간이 다 됐다고 알려줄 때까지 그랬다. 전철역 앞에서 헤어지기 직전에 오스틴은 자기가 그때껏 잊고 있었다는 듯, 혹시 여자친구가 있느냐고 내게 물었다.

"그럼요."

나는 고개를 끄덕이고는 담배를 한 대 태우겠다는 오스틴을 두고 전철역 계단을 뛰어 내려갔다.

여자친구가 있다는 건 거짓말이었다. 그때는 혜령과 헤어진 지 반년이 다 되어가고 있었고 새로운 연애는 시작될 기미조차 보이지 않았다. 헤어지면서 혜령은 내게 지쳤다고 말했다. 그날 우리는 극장에서 영화 상영 시간을 기다리다가 삼십대 후반이 되어서 FTM으로 성전환을 한 할리우드 배우에 대해 이야기했다. 나는 그가 다소 늦은 나이에 성전환을 선택했기 때문에 할리우드에서 일할 수 있었다고 주장했다. 그가 더 일찍 트랜지션을 했다면, 그래서 스무 살부터 신장이 160센티미터가 안 되는 트랜스남성으로 살아갔다면 결코 할리우드에 데뷔할 수 없었을 거라고, 적어도 지금처럼 유명해지는 일은 불가능했을 거라고 장담했다. 사람들은 트랜스젠더이자 평균 신장에 한참 못 미치는 왜소한 남성이 '위대한 개츠비'가 되거나 '캡틴 아메리카'를 연기하는 걸 원하지 않는다고. 혜령은 다소 지친 표정을 지었을 뿐 한동안 말이 없었다.

"나는 왜 그런 상황들을 하나하나 가정해야 하는지 모르겠어. 네가 그렇게 생각하고 말하는 게 이제 너무 피곤해."

이윽고 혜령은 그렇게 말한 뒤 팝콘과 제로콜라, 영화 티켓 두 장을 두고 나를 떠났다. 우리는 이후로도 종종 연락을 주고받았고, 혜령의 강아지를 내가 며칠 동안 맡아주기도 했지만, 그뿐이었다. 우리는 더 이상 연인으로 지낼 수 없었다. 그래봤자 서로를 괴롭게 할 뿐이라는 걸 이별한 후에 둘 다 잘 알게 됐다. 다만 오

리틀 프라이드

스틴에게서 사진과 메시지를 받은 지 이틀 뒤에, 혜령은 우리 집으로 찾아왔다. 그러고는 도저히 두고 볼 수가 없다며 성별 정정 신청에 필요한 서류들을 모두 꺼내 방바닥에, 복층 원룸인 내 집에서 공지로 남아 있는 거의 유일한 공간에 늘어놓았다. 혜령은 맥주 캔을 손톱으로 톡톡 두드리면서, 인우보증서가 더 있어야 하지 않겠느냐고 내게 물었다.

"저번에도 그게 문제였다며."

나는 고개를 끄덕거렸다. 몇 해 전 내가 처음 성별 정정을 신청했을 때, 판사는 내가 한 명의 성인 남성으로서 다른 사회 구성원들과 충분히 관계 맺지 못하고 있다는 점을 들어 신청을 기각했다.

"이번엔 네가 있잖아."

"그래봤자 한 장인걸."

혜령은 인우보증서를 받을 만한 이런저런 사람들을 떠올리며 내게 이름을 불러줬지만, 나는 그때마다 고개를 저으며 그 사람한테 커밍아웃할 수는 없다거나 이미 연락이 끊긴 지 너무 오래라고 대답했다. 그리고 그 말은 모두 사실이었다.

"아, 너랑 좀 친하게 지냈다던 그 사람도 있잖아, 오스틴. 그 사람 퇴사했다며?"

"맞아."

"그 사람에게 부탁하면 어때?"

"그 사람은 호모포비아야."

물론 그건 내가 추정한 것일 뿐 확인된 사실은 아니었다. 아니, 그러지 않을 확률이 어쩌면 더 높았다. 오스틴이 좋아하는 패션 디자이너 중 하나가 이브 생로랑이었고, 어느 영상에선가 인터뷰이와 함께 생로랑의 연애사에 대해 제법 긴 대화를 나눈 적도 있으니까. 사실 혜령이 이런저런 이름들을 불러줄 때부터 나는 이미 오스틴을 생각하고 있었다. 그가 제안을 거절하더라도, 이제 더는 같은 집단에 소속된 사람이 아니니 그나마 좀 안전하겠다는 생각까지도 했던 것 같다. 그러나 혜령이 맥주를 세 캔째 비우고, 완전히 낙담한 채 내 머리를 잠깐 쓰다듬는 동안에도 나는 오스틴이 호모포비아라는 말을 정정하지 않았다. 우리 집을 떠나기 전 혜령은 이걸로도 충분할지 모른다고 나를 다독였지만, 스스로도 그렇게 믿지 못하는 것 같았다. 그리고 내 생각에도 그랬다. 이우보증서가 한 장은 더 필요했다.

"오스티너스!"

병실에 들어서자 오스틴은 양팔을 들어 올리며 나를 반겨주었다. 내가 침대 곁으로 다가가자, 오스틴은 일어나 맞아주지 못해 미안하다며 대신 악수를 청했다. 나는 그의 자세가 많이 흔들리지 않도록, 맞잡은 손을 아주 천천히 위아래로 움직였다. 오스틴은 담요 속에 보조 장치를 착용한 다리를 숨기고 있었는데, 자세를 조금 틀 때마다 고통으로 얼굴을 찡그렸다. 오스틴은 그 잠깐 사이에 살이 빠지고 수염을 제대로 깎지 못해 내가 늘 보았던 모습보다 더 나이 들어 보였다. 그는 내가 건넨 택배 박스를 내게 되돌려줬다.

"사실 이거 얼마 전에 주문한 거예요. 토미 생일이잖아요."

내가 놀라서 고맙다고 인사하자 오스틴은 웃었다. 왠지 모르겠지만, 그 순간 오스틴은 예전의 오스틴, 인사 팀 팀장이 내게 소개했던 바로 그 남자로 되돌아간 것 같았다. 우리는 한동안 그간의 일들을 이야기했다. 나는 올드독의 동향을 전했고, 오스틴은 수술 경과에 대해 설명했다. 이 수술을 통해 키가 8센티미터 정도 자랄 예정이라고, 그러면 자기도 170센티미터가 넘을 거라고 말하며 그는 머리 위로 손을 올려 8센티미터 정도의 공간을 만들어 보였다. 이야기가 웬만큼 나와 화젯거리가 떨어졌을 때, 오스틴은 문득 생각났는 듯, 자기는 알고 있었다고 중얼거렸다.

"알다니 뭘요?"

"토미는 그러니까, 트랜스젠더죠? 사실 처음 봤을 때부터 그렇게 보였어요. 저는 눈썰미가 좋은 편이잖아요. 그리고 화장실에서 한 번도 안 마주쳐서 확신했죠. 그래도 다른 사람들은 모를걸요." 오스틴은 그렇게 말하며 확신하듯 고개를 끄덕였다. "전혀 모를 거예요."

나는 한동안 말문이 막힌 채 간이침대에 잠깐 앉아 그를 바라봤다.

"왜 얘기 안 했어요? 지금은 그 얘기를 왜 하는데요?"

오스틴은 내 쪽으로 상체를 조금 틀려다가 고통에 얼굴을 찡그렸다.

"그냥…… 굳이 싫었죠. 그런데 여기 누워 있다 보니까 그런 생각이 들었어요. 토미도 이런 수술을 했겠다고." 오스틴은 진지한 표정으로 말했다. "그래서 토미를 다시 한번 보고 싶었어요. 우린 그러니까, 전우 같은 거잖아요."

나는 '전우'라는 말에 다시 말문이 막혀서, 커튼이 둘러진 병실 내의 다른 침대들과 창 너머로 보이는 맞은편 건물을 바라봤다.

"아니요…… 저는 다르다고 생각해요. 전혀 달라요."

우리는 잠시 침묵 속에 앉아 있었다. 그러다 회사 이야기와 수술 경과에 대한 이야기를 다시 이어갔지만,

리틀 프라이드

둘 다 대화에 집중하지는 못했다.

"음, 여름휴가 계획은 아직이죠?"

내가 최근의 쿠엔틴에 대해 말하다 다시 화제가 바닥났을 때 오스틴이 물었다. 올드독코퍼레이션은 여름마다 일주일간의 유급휴가를 주는데, 직원들은 연초부터 이 일주일을 고대했다.

"아, 이미 정했어요. 대만에 가려고요. 여자친구가 가보고 싶어 해서요."

물론 그건 전혀 계획에 없는 일이었고, 내겐 여자친구가 없었지만, 나는 떠나지 않을 여행 계획에 대해 술술 이야기하기 시작했다. 여자친구가 한때 대만에서 교환학생으로 있었는데, 최근에 다시 가보고 싶어 한다고. 거기서 스트립쇼를 볼 예정이라고.

"여자친구랑 스트립쇼를 봐요?"

"네, 같이 볼 만한 스트립쇼가 있거든요."

나는 그렇게 말한 뒤, 오래전 혜령이 내게 들려줬던 10달러짜리 스트립쇼 이야기를 그대로 오스틴에게 전했다. 여자친구가 교환학생으로 머물렀던 대학 인근의 술집에서 참가비 10달러만 내면 누구나 참여할 수 있는 스트립쇼가 열리곤 했다는 이야기였다. 거기선 참가자들의 얼굴이며 몸매가 어떻든, 몸에 흉터가 있든 없든 아무도 신경 쓰지 않는다고. 쇼의 목적은 오로지 웃기는 것이어서, 관객들은 그날 밤 가장 재미난 공연을 한 사람을 투표로 정한다고. 오스틴은 그것 참 재미있겠다며 웃었다. 간호사가 들어와 오스틴에게 재활 치료 시간임을 알렸으므로 우리의 대화는 중단됐다. 나는 오스틴에게 이별의 악수를 청했다. 그리고 아까보다 더 천천히, 그가 통증을 느끼지 않도록 애쓰며 조심스레 손을 맞잡았다. 보증서 이야기는 꺼내지 않았다. 아무래도 그러지 않는 편이 좋겠다고, 그 짧은 시간 동안 결정을 내렸던 것 같다.

병실을 나서는 동안에는 혜령의 이야기를 다시 생각했다. 혜령은 현지에서 사귄 친구들과 자주 그 술집을 들락거렸다면서, 거기서 본 사람들의 목록을 읊어주었다. 노년의 퀴어 커플, 온몸에 온갖 종류의 타투를 그려놓은 사람, 타투를 그렸다가 잉크가 번져 얼룩덜룩한 피부를 갖게 된 사람, 깡마른 뇌병변 장애인, 과거 초고도비만이었다가 체중을 감량하며 가슴과 배의 피부가 늘이난 남자. 한번은 그곳에서 가슴 아래쪽에 탑 수술 흉터가 남아 있는 트랜스남성을 본 적도 있다고 했다.

"그 사람은 카우보이모자를 쓰고 문워크를 쳤는데 아주 멋졌어."

내 기억이 맞다면 혜령과 이 대화를 나눈 건 우리가

아직 연인이 되기 전이었다. 내가 트랜스젠더여도 자기는 상관없다고 말해주기 위해 혜령은 그 스트립쇼 얘기를 꺼냈지 싶다. 이후로도 이 이야기는 몇 번 화제에 올랐다. 우리는 언젠가 그 쇼를 보러 대만에 가자고 약속하기도 했는데, 이런 약속이 으레 그렇듯 흐지부지 잊혔다.

병실을 나서서 병원 뒤편의 작은 부지, 사실상 흡연 공간이나 다름없는 조그만 공원에 이르렀을 때, 나는 그 쇼가 과거 우리가 얘기했던 것처럼 정말 혁신적이고 대안적인 것이 맞는지 생각에 빠졌다. 기꺼이 옷을 벗는 사람들과 그들을 향해 따뜻한 박수를 보내주는 사람들을 떠올리자 걷잡을 수 없이 기분이 나빠졌다. 혜령이 말하곤 했던, '너무나 집요한 생각'을 다시 시작한 것 같았다. 결국 나는 문워크 춤을 췄다는 트랜스맨을 두고 혜령이 한 말을 되새기는 데 이르렀다. 혜령은 그가 아주 멋졌다고 말했지만, 그렇지만, 그에게 매혹되었던 건 아니었다. 그리고 아마 내게도 마찬가지였을 것이다. 나는 오래전부터 알고 있던 그 사실을 아주 천천히 받아들였다. 환자복을 입고 담배를 피우고 거리낌 없이 침과 가래를 뱉는 남자들 사이에서, 아주 천천히, 그러나 분명하게.

인
터
뷰

서장원×조연정

조연정 2020년 「이 인용 게임」 이후 〈소설 보다〉를 통해 서장원 작가와 두번째로 만나게 되었네요. 그간 소설집도 출간했고 다양한 협업 작품집에도 참여하며 활발하게 작업을 이어오고 있습니다. 독자분들에게 간단한 인사와 근황 나눠주시면 좋겠어요.

서장원 안녕하세요. 오랜만에 인사드리네요. 저는 여전히 소설을 쓰고 있습니다. 첫 소설집을 묶고도 벌써 3년 가까이 시간이 흘렀네요.

조연정 「리틀 프라이드」라는 작품을 무척 흥미롭게 읽었습니다. 단신의 키에 멋지지 않은 외모를 지닌 오스틴이라는 남성과 탑 수술을 한 트랜스젠더 남성 '나'가 등장하는 소설입니다. 오스틴이라는 캐릭터가 흥미로운데, "회사의 개국공신" 이자 "예쁜 걸 잘 알아"보는 그는 유쾌한 길거리 인터뷰 영상으로 "인스타그램 릴스에서 조회 수 대박"을 터뜨려 회사에서 대접받는 존재입니다. 그가 이러한 센스와 매너를 지닐 수 있었던 것은 아이러니하게도 매력적이지 못한 그의 외모 덕분이기도 할 텐데요. "외모가 멋지지 못한 남자가 여러 사람에게 호감을 사고 주목받기 위해서 가져야 하는 캐릭터를" 잘 연기하는 "유쾌한 코미디언" 같은 그는, 매사에 "어떻게 해야 괜찮은 남자로 보일 수 있는지" 아니 "남자로 인정받을 수 있는지"가 두려운 '나'와 "미약한 동지 의식"을 공유하며 회사 동료로서 원만한 관계를 유지합니다.

이 소설이 흥미로운 것은 결국 어떠한 '태도'와 '전략'으로도 극복하지 못한 외모 콤플렉스를 여러모로 엄청난 비용을 요구하는 사지연장술로 해결하려는 오스틴의 선택 때문이기도 합니다. 외모가 주는 압박으로부터 고통받아온 것이 주로 여성의 일이었다는 점에서 소설의 이러한 설정이 의미심장하다고 생각했습니다. 여성적 외모에 대한 기준이 더 뚜렷하고 강압적이라는 사실은, 거꾸로 외모 그 자체로 인한 고통을 직접적으로 해결하려는 일도 그것을 토로하는 일도 여성에게는 낯설지 않다는 점을 의미하기도 합니다. 멋지지 않은 남성적 외모는 극복할 수 있는 다른 길이 많기 때문입니다. 그러나 이 소설에서 오스틴은 결국 자신의 외모를 다른 방식으로 극복하지 못하고 '외모' 그 자체를 바꾸는

인터뷰 서장원×조연정

일을 선택합니다. 이러한 근본적인 선택이 의미
하는 바가 크다고 생각하는데 사지연장술을 받
는 단신의 남성이라는 설정을 어떻게 생각하신
걸까요?

서장원 '멋지지 않은 남성적 외모의 극복'을 어떻게 정
의하느냐에 따라 다른 것 같습니다. 그 정의를
'타인에게 호감을 사는 것'으로 한정하면 방법이
많습니다. 그런 면에서 오스틴은 이미 극복에 성
공했다고 생각합니다. 짚어주신 것처럼 수만 명
의 사람이 그가 등장하는 영상을 좋아합니다. 직
장에선 개국공신으로 인정받고 있고요. 그러나
오스틴이 바라는 것은 조금 더 본원적인 것입니
다. 많은 이가 아름다운 외모를 가진 사람에게
직관적으로 느끼곤 하는 '매혹'이지요. 이러한
매혹은 그가 유쾌한 코미디언처럼 굴어서 얻어
내는 '호감'과 다르다고 생각합니다. 그리고 매
혹을 얻는 데에는 선택할 수 있는 길이 많지 않
다고도 생각해요. 오스틴이 사지연장술을 통해
'멋지지 않은 남성적 외모의 극복'을 이루어낼
수 있을지도 미지수고요.
　이 이야기의 출발점에 대해 말씀드리자면,

친구에게 들은 10달러짜리 스트립쇼 이야기였던 것 같아요. 소설 마지막 페이지에 언급되는 '10달러만 내면 누구나 참여할 수 있고 참가자들의 얼굴이며 몸매가 어떻든 신경 쓰지 않는 스트립쇼' 이야기요. 친구가 이런 쇼에 가봤는데 무척 좋은 경험이었다고 말해줬거든요. 저 역시 듣자마자 혁신적이고 대안적인 멋진 공연이라 생각했어요. 성을 상품화하지 않는, 보여지는 이를 타자화하지 않는 스트립쇼라니요. 그런데 며칠 뒤에 몇 가지 의문이 들더라고요. 그래서 참가자들은 이 공연을 통해 무엇을 얻을까? 만약 그 사람이 자신의 신체에 수치심을 가지고 있는 사람이라면 그 공연을 통해 수치심을 덜어낼 수 있을까? 자기 몸을 긍정한다는 것이 그런 다정한 경험을 통해 성취될 수 있는 일일까? 누구도 자신에게 매혹되지 않는데, 오로지 다정함만으로 프라이드를 가질 수 있을까? 그 대안적인 스트립쇼는 프릭쇼와 어떤 점에서 어떻게 다른가? 저는 이 질문들에 대해 명확하게 대답할 수 없었고, 그래서 이 소설을 쓰게 되었던 것 같아요.

조연정 '나'의 곁에는 두 명의 인물이 등장합니다. 작은

인터뷰 서장원 × 조연정

키와 어색한 신체 비율이 콤플렉스이지만 그것을 유쾌한 성격과 출중한 능력으로 커버하고자 했던 오스틴은 지독한 여성혐오자이기도 합니다. 남성적 우월감과 열등감이 결국 맞닿아 있다는 전형적인 메시지를 전달하는 인물일 수도 있다는 생각이 들었습니다. '나'의 여자친구였던 혜령은 '퀴어로서의 조건'만을 집요하게 생각하며 자신이 가진 능력을 스스로 정당하게 평가하지 못하는 '나'를 답답해합니다. '나'의 '비굴한 태도'를 지적하기도 하고 "퀴어로서 프라이드가 부족"하다고 힐난하기도 합니다. 트랜스젠더를 고용한 '나'가 다니는 회사의 대표처럼, 혜령은 "편견 없는 사람이라는 걸 증명하"고자 하는 인물인 것입니다. 혜령과 같은 인물도 어떤 점에서는 다소 전형적이라는 생각이 들기도 했습니다. 이러한 반응에 대해 어떻게 생각하시는지 여쭙고 싶습니다.

서장원 쿠엔틴과 혜령에 대해 몇 가지 얘기하고 싶은 것이 있어요. 우선 쿠엔틴은 편견 없는 사람이라는 걸 증명하고자 하는 인물인지 아닌지, 저는 알지 못합니다. 화자는 쿠엔틴 타란티노에서 자기 이름을 따오는 남자라면 자의식이 비대할 것이고, 그 비대한 자의식의 일환으로 자신에게 호의를 베풀었을 거라고 의심합니다. 하지만 화자 역시 진위는 알 수 없어요. 쿠엔틴은 정말 앨라이일 수도 있죠. 아니면 퀴어 당사자인데 앨라이라고 에두른 것일 수도 있고요. 중요한 것은 화자가 자신에게 주어진 기회에 대해 이런 집요한 생각, 하지 않아도 되는 생각을 하게 된다는 것입니다. 그는 그저 입사 전형에 통과해 직장을 구했을 뿐 인데요.

혜령의 경우에도, 스스로에게 편견이 없다는 걸 증명하고자 하는 인물이라고 생각하진 않았 어요. 오히려 반대에 가깝죠. 혜령은 화자를 어 떤 면에서 좀 답답해하는데, 이는 사실 혜령이 편견 없는 인물이기 때문입니다. 혜령은 왜 화자 가 자신의 취업에 대해, 그것이 누군가의 시혜적 인 호의라고 짐작하는지 이해하지 못합니다. 배 우로 활동하고 있는 트랜스남성을 응원해주진 못할망정 왜 이 사람이 트랜지션을 더 일찍 했 다면 배우가 되지 못했을 거라 확언하는지도 이 해하지 못합니다. '세상은 그렇게까지 나쁜 곳 은 아닌데, 넌 왜 자꾸 가장 나쁜 가능성을 가정하니?' 하고 묻고 싶은 심정이지 않을까요. 아마 (소설에서 제대로 드러난 것은 아니지만) 화자와 혜령이 겪어온 일이 너무나 다르기 때문에 그렇지 않을까 싶습니다. 화자는 자신의 신체에 타인들이 쉽게 매혹되지 않는다는 것을 (의식적이든 무의식적이든) 알고 있습니다. 세상이 자신에게 좀처럼 좋은 기회를 내주지 않는다는 것도 알고 있지요. 그러니 자신과 비슷한 조건을 가진 트랜스남성이 많은 사람에게 사랑받는, 선망받는 직업인 영화배우가 되는 것이 쉽지 않겠다는 생각을 할 수밖에 없겠지요. 좋은 직장을 구하고 나서도 의아한 마음이 있을 테고요.

오스틴에 대해선, 사실 '인셀involuntary celibate I'로만 정의하고 싶지는 않았어요. 다만, 결과적으로는 그렇게 되어버린 것 같아서 미안한 마음이 있습니다.

조연정 앞의 질문을 이어가자면, 비슷한 처지라는 이유로, 편견이 장벽이 될 수 없다는 이유로, 이 둘은 '나'와 각별한 관계를 맺을 수 있었지만, 이 소설이 결국 말하고자 하는 것은 이들이 공유한 "미약한 동지 의식"이라는 것이 정말 얼마나 '미약'

할 수밖에 없는지에 관한 것이라고 생각합니다. 우리는 모두 각자 자신만의 특색을 지니고 있고, 세상에는 나와 다른 타인을 무조건적으로 진실로 환대하는, 그러니까 윤리적으로 이상적인 사람이 존재하기 힘들지도 모르니까요.

그렇다면 우리 인간들은 자신과 완벽하게 똑같은 처지에 있지 않은 사람들과는 절대 견고한 한마음을 가질 수는 없는 것일까요? 금속 고정 장치를 부착한 두 다리로 병원에 누워 있던 오스틴은 '나'에게 '전우애' 같은 것을 느꼈다고 하지만 '나'는 그에게 성별 정정 신청을 위한 인우보증서를 내밀지 못하고, 혜령은 언젠가 스트립쇼에서 본 트랜스젠더 남성이 아주 멋졌다고 말하지만 그 말이 오히려 '나'에게는 어떤 수치심을 일깨우기도 합니다. 혜령이 자신에게 "매혹되었던 건 아니었다"는 점을 깨닫게 된 것이죠. 그렇다면 '나'의 "너무나 집요한 생각"은 지속될 수밖에 없는 것일까요? 주어진 조건이라는 것은, 그리고 관계 안에서 간극이라는 것은 극복이 가능할까요? 이 소설이 말하는 것이 이러한 불가능의 확인만은 아닐 거란 생각이 듭니다.

인터뷰 서장원×조연정

서장원 '견고한 한마음'을 가질 수 있는지는 저도 궁금합니다. 그럴 수 있다면 좋겠다고 생각하고요. 하지만 제가 작가로서 관심을 가지고 있는 것은 사람들이 자신에게 주어진 '다수자성'을 얼마나 손쉽게 휘두르는지, 그것에 누군가가 얼마나 쉽게 다치며, 여러 관계가 얼마나 쉽게 망가지는지입니다. 자신이 가진 것에 대해 성찰하지 않고 '우리에게도 공통점이 있다'고 섣부르게 주장하는 것은 오히려 상대에게 상처를 줄 수 있다고 생각합니다.

화자는 오스틴에게 "미약한 동지 의식"을 갖고 있었습니다. 또한 "친밀함 같은 걸 느"끼기도 하지요. 오스틴은 화자와 자신이 전우 같은 관계가 아니냐고 말하고요. 하지만 이 미약한 동지 의식과 친밀함 혹은 전우애는 두 번에 걸쳐 허물어집니다.

첫번째는 오스틴이 화자를 앞에 두고 여성 혐오 발언을 할 때입니다. 이 순간, 화자는 남성과의 우정에 대해 다시 생각해보게 됩니다. 오스틴과 한패가 되는 방법은 자명합니다. 그 여자는 머리가 짧은 것으로 보아 페미니스트인 것이 분명하다고, 그리고 페미니스트이니 남자친구에게 차였을 거라고 오스틴의 여성 혐오에 동조하는 것입니다. 하지만 화자는 그렇게 행동하지 않습니다.

두번째로는 오스틴이 "우린 그러니까, 전우 같은 거잖아요" 하고 말하는 순간일 겁니다. 화자는 여기에도 동의할 수 없습니다. 오스틴은 화자가 자신의 삶에서 겪어온 고유한 고통을 이해하려는 대신, 그 감정을 '나도 안다'고 주장하기 때문입니다. 그러므로 관계 안에서의 간극을 극복하는 것이 불가능한지 물으신다면, 저는 간극을 극복하고 연대로 나아가기 위해선 그 틈이 얼마나 벌어져 있는지, 그리고 어떤 형태의 틈인지 확인하는 것이 먼저라고 생각합니다.

조연정 첫 소설집의 작가의 말에 소설을 쓰며 지키려고 했던 두 가지 원칙이 적혀 있어요. "소설 속에서 누구도 미워하고 정죄하지 말자", 그리고 "작중 인물들이 불행한 상황에 있다면 그들에게 힘이 될 수 있는 누군가를 곁에 있게 해주자"입니다. 이 두 가지 원칙을 여전히 고수하고 있는지, 만약 그렇다면 「리틀 프라이드」를 쓰면서도 이 원칙을 생각했는지 궁금해요.

인터뷰 서장원×조연정

서장원 두 가지 원칙 모두 요즘에는 전혀 생각하지 않습니다. 우선 '소설 속에서 누군가를 미워하거나 정죄하지 말자'라는 원칙은 예전에는 제게 작품을 통해 누군가를 정죄하고 미워하고자 하는 마음이 있었기 때문에 세워두었던 원칙인데요. 이제는 그런 마음이 없습니다. 작중인물들에게 힘이 될 수 있는 누군가를 곁에 있게 해주자, 하는 생각도 요즘에는 안 합니다. 어차피 제가 함께 있으니까요.

조연정 지난 〈소설 보다〉 인터뷰에서 "제가 원하는 말하기의 방식이 소설"이라고 언급했습니다. 등단을 한 지도 이제 햇수로 5년에 접어들었는데 그간 소설 쓰기 작업이 서장원 작가에게 특별히 어떤 보람을 느끼게 해주었을지 궁금해요. 소설을 쓰고 있어 다행이라고 강렬하게 느꼈던 순간이 있다면 언제일까요? 앞으로 소설 쓰기를 통해 이루고 싶은 것이 있다면 무엇일까요? 서장원 작가의 작품을 읽는 독자들이 어떤 사람이길, 혹은 어떤 사람으로 바뀌길 기대하나요?

서장원 소설을 쓸 수 있고, 제 글을 누군가 읽어주는 형편에 대해선 언제나 다행스럽고 감사하게 생각합니다. 특히 독자분이 제 글을 좋게 읽었다고 말씀해주시면 정말 기쁩니다. 작가로서 이루고 싶은 것은…… 투잡 작가로서 잘해내는 것입니다. 회사를 다니면서 글을 잘 쓰고 싶어요. 독자분들이 어떤 분들일지도 궁금한데요. 어떤 분이었으면 좋겠다고 생각해보진 않은 것 같아요. 제 소설을 읽어주실 정도면 한국문학의 굉장한 팬이실 것 같네요. 감사합니다. 하나 더 바라는 것이라면, 제 소설을 읽으시면서, 소설에 드러나는 이런저런 감정에 대해 저와 함께 생각해주신다면 좋겠습니다.

그 개와 혁명

예소연

2021년『현대문학』신인추천을 통해
작품 활동을 시작했다.
장편소설『고양이와 사막의 자매들』이 있다.

태수 씨는 죽기 전까지 통 잠을 못 잤다. 수면제를 먹고 진정제를 먹어도 한두 시간 토막 잠만 잤다. 늘 두 팔을 허우적거리며 서둘러 일어났다. 그러면 나는 부리나케 간이침대에서 몸을 일으킨 뒤 태수 씨의 손을 잡고 말했다. 나 여기 있어, 태수 씨. 태수 씨는 잠깐 잠들었다 일어나면 꼭 여기가 어디냐고 물어봤다. 꿈속에서 황천길이라도 본 사람처럼 그랬다. 그즈음 스마트워치에 기록된 내 하루 수면 시간은 길어봤자 세 시간이었다. 태수 씨는 병실 침대에 누워 있는 게 너무 힘들다고 했다. 가슴이 터질 것같이 답답하다고. 그러면 나는 태수 씨를 휠체어에 태워 병원 복도를 빙글빙글 돌았다. 병원은 꼭 두 손바닥을 반듯이 펼쳐놓은 것처럼 정확한 대칭 구조였다. 복도 양 끝 쪽에 샤워실과 화장실이 있고 그 중심에는 각각 디귿 자 형태의 데스크가 있어 간호사들이 상주했다. 태수 씨와 나는 데칼코마니 같은 그 병원 복도를 밤새도록 돌았다. 종종 가래 뱉는 소리도 들리고 흐느끼는 소리도 들렸다. 병원에서는 사람들이 마음 놓고 울었다. 몇 바퀴를 돌고 나서야 태수 씨는 꾸벅꾸벅 졸았다. 그동안 나는 무슨 생각을 했던가.

고모는 나보고 나서지 말라고 했다. 희준에게 모든 걸 맡기라고. 나는 그런 고모의 눈을 똑바로 보고 말했다. 괜찮아요. 더한 것도 견뎠는걸요. 엄마까지 나를 말렸지만, 나는 이것만큼은 절대로 양보할 생각이 없었다. 내가 직접 완장을 차고 장례식장을 지켜야 했다. 그게 태수 씨와 한 약속이었으니까. 태수 씨는 기억도 하지 못할 약속. 사경을 헤매며 해낸 약속. 태수 씨가 건강할 때, 나는 늘 돌아오는 제사 때마다 태수 씨와 싸우는 게 일상이었다. 태수 씨는 할아버지가 기함을 한다며 반바지도 못 입게 했다. 제사상을 차리는 것도 늘 엄마 몫이었다. 나는 불필요한 인습이라고, 하다 못해 태수 씨에게 당신 아버지 제사면 직접 과일이라도 놓으라고 소리를 쳤지만, 태수 씨는 듣는 척도 하지 않았다. 마치 우리에게는 각자의 역할이 있고 당신은 그걸 응당 받아들일 뿐이라는 듯이. 하지만 태수 씨는 분명 조금 다른 사람이 아니었나. 나는 분명 당연한 걸 당연하지 않게 생각하는 태수 씨의 모습을 좋아했던 것인데.

나는 장례식이 시작되기 직전부터 소리를 질러가며 가족들과 싸웠다. 장례식 직원 몇몇이 와서 말렸지만, 나는 아랑곳하지 않고 할머니에게 삿대질을 하고, 사촌 동생인 희준의 어깨를 밀며 쫓아냈다. 그러는 사이, 해서는 안 될 말들 혹은 아주 오래전에 이미 해야만 했던 말들이 오갔다. 특히 할머니에게. 그렇게 술을 될 때까지 드시고 여기까지 와서는 더 할 말이 있으세요? 있냐고. 네가 그러고도 태수 씨 엄마야? 엄마냐고. 그래, 나 엄마 딸이다. 그럼? 태수 씨 딸은 아니냐? 내가 닮기는 누굴 닮아. 우리 집에 그럼, 유자 말고는 계집밖에 더 있어? 그렇게 소리를 지르는 와중에 첫 조문객이 왔다. 엄마가 가까이 다가가 인사를 하며 이름을 불렀다. 성식이 형.

태수 씨와 엄마는 모 대학 사학과 85학번이었는데, 만날 동기들 이야기를 할 때마다 민주85라고 불렀다. 내가 아주 어렸을 때부터 성식이 형, 민재 형, 의식이 형과 같은 형 이야기를 많이 했고 그들이 다 민주85라고 했다. 어느 형은 이제 곧 출소를 한다더라, 어느 형은 태국에서 재혼을 한다더라, 이런 이야기를 곧잘 하곤 했다. 나는 그런 이야기를 들을 때마다 어쩐지 태수 씨가 허풍을 떤다고 생각했는데 언젠가 정말로 청송교도소에서 온 엽서를 받은 적이 있었다. 나는 태수 씨에게 그걸 건네면서 태수 씨가 그 엽서를 펼쳐 보기까지 긴장되는 마음으로 지켜봤다. 마침내 태수 씨가 펼쳐 본 엽서에는 이해할 수 없는 말들만 적혀 있었다. 간간이 수령님, 동지, 북조선 같은 단어들이 섞여 있었다. 태수 씨는 편지를 대충 훑어보다 탁자 위에 던져놓았고 나는 그 편지를 몰래 내 방으로 가져왔다.

나는 무슨 뜻인지도 모르면서 엽서에 적힌 내용을 한 자 한 자 비밀 일기장에 옮겨 적었다. 누가 뭐래도 우리는 투쟁을 해야 한다. 자본의 배를 불리는 식으로는 사회가 올바르게 굴러가지 않는다. 나는 태수 씨가 어떤 비밀 조직의 회동에 연루되었다고 생각했고 그것이 무척 멋있게 느껴졌다. 어린 나이에도 태수 씨의 일을 어떤 식으로든 지지해줄 마음을 가지고 있었다. 노동이라든지 투쟁이라든지 하는 것들이 무척 멋들어지게 느껴졌기 때문이었다. 어쨌든 나는 그 엽서를 다 옮겨 적은 뒤 맨 밑에 보낸 이의 이름도 꾹꾹 눌러 적었다. 성식이 형.

*

그때부터였다. 태수 씨에게 성식이 형에 대한 이야기를 해달라고 조른 것은. 태수 씨는 보통 귀찮아하는 기색이 역력했다. 다만 장거리 운전을 할 때만큼은 졸음을 쫓기 위해서인지 집중해서 성식이 형에 대한 이야기를 해주었다. 성식이 형 이야기를 하다 보면 태수 씨와 엄마에 대한 이야기도 간혹 들을 수 있었는데, 화염병을 던지고 경찰과 대치하며 삐라를 뿌리던 그들의 모습이 머릿속에 선명하게 그려지는 것 같았다. 정말이지, 태수 씨와 엄마는 그때 당시 무서울 게 없었다고 했다. 우리는 투쟁하며 공부했어. 도서관만 다니던 뜨내기들하고는 급이 달랐지. 태수 씨는 일말의 후회도 없다는 듯 그렇게 말했다. 그런데 성식이 형 이야기만 하면 한숨을 푹푹 쉬고 목소리가 갈라졌다. 나로서는 알아들을 수 없는 이야기였다. 성식이 형이 NL이었고 태수 씨가 PD였는데 둘은 어떤 일을 계기로 가까워졌지만, 태수 씨는 북조선의 지령을 받고 러시아로 떠난 성식이 형을 말릴 수가 없었다. 그렇게 러시아 인터폴에 붙잡힌 성식이 형은 국가보안법 위반으로 오랜 기간 동안 복역을 하게 되었다는 것이다.

어쨌든 나는 태수 씨에게서 틈만 나면 노동의 가치가 어떠니, 시장경제가 어떠니, 이런 소리를 듣고 자랐다. 그 중심에 성식이 형이 있다고 생각했고, 머리가 더 크고 나서야 태수 씨가 아주 위험한 일에 휘말릴 수도 있었다는 생각이 들었다. 성식이 형의 엽서는 1년에 한 번은 꼭 왔고 우리가 이사를 간 후에도 어떻게 알았는지 어김없이 배달되었다. 태수 씨는 답장도 하지 않고 그 편지를 대충 아무 데나 놓았는데, 나는 그 편지를 차곡차곡 모아놓았다. 그런 성식이 형을 이제야 마주하게 된 것이었다. 나는 태수 씨의 영정 사진 아래 국화꽃을 놓는 성식이 형을 가만 바라보았다. 성식이 형의 행색은 아주 볼품없었다. 팔꿈치를 덧댄 감색 재킷 한 벌을 입었는데 나름 애써 구색을 맞춘 것 같았다. 한쪽 무릎이 아픈지 주저앉듯 절을 하는 성식이 형의 가지런한 발을 보면서, 나는 태수 씨가 병원에서 했던 말을 다시금 떠올렸다. 내 옆에는 엄마와 동생들이 어설픈 모습으로 쪼르르 서 있었고 무슨 말을 해야 할지 당황한 기색이 역력했다. 처음 가까운 사람의 죽음을 맞이해본 사람들의 자연스러운 모습이었다. 성식이 형이 눈물을 훔치며 자리에서 일어나 나와 맞절을 했다.

"네가 수민이구나."

"네."

"이런 애들을 어떻게 두고……"

"성식이 형."

"응?"

나는 바지 주머니에서 수첩을 꺼냈다. 그리고 성식이 형 이름 아래에 있는 문장을 읽었다. 최대한 연습한 대로.

"울지 마쇼. 태수 씨의 지령이오."

"태수 씨?"

성식이 형의 눈이 동그래졌다. 길게 수염을 기른 턱이 파르르 떨리는 것 같더니 이내 웃음을 터뜨렸다. 나는 성식이 형에게 다가가 귓가에 속삭이는 것도 잊지 않았다. 3백만 원은 꼭 우리 수민이한테 갚아주쇼. 당신 러시아 간다고 했을 때 내가 부쳤던 돈. 나는 최대한 태수 씨의 목소리를 따라 했고 그럴싸한 목소리가 나와 뿌듯했다.

*

태수 씨의 이름은 원래 형주였다. 58년 평생 형주라는 이름을 썼는데 여자 이름 같다고 놀림도 많이 받고 오해도 많이 받았다고 했다. 태수라는 이름은 태수 씨가 암 진단을 받은 후 고모가 작명소에서 지어 온 이름이었다. 태수라는 이름이 오래 살 이름이라고 했다. 우리는 그 후로 태수 씨를 태수 씨라고 부르게 되었다. 사람이 믿는 대로 살아진다고, 피그말리온 효과라고 아니? 고모가 단체 카톡 방에서 그렇게 말했고 아무도 대답하는 사람은 없었지만, 자연스럽게 모두가 태수 씨를 태수 씨라고 불렀다. 모두가 간절했기 때문이었다. 나는 태수 씨의 병 앞에서 평소라면 콧방귀나 뀌었을 일들을 많이 했다. 친구들에게 화살기도를 부탁했고 지도교수님에게까지 전화해 태수 씨가 통 밥을 먹지 않는다며, 변을 보지 않는다며 엉엉 울었다. 고모가 잔뜩 사다 놓은 활성비타민주스, 아연, 면역 관리 영양제, 유산균, 정체 모를 미숫가루를 죄다 물에 타서 한 모금씩 천천히 먹였다. 구역질을 해도 먹였다.

엄마는 이런 게 무슨 소용이냐고, 죄 다단계 아니냐고, 심지어 아연은 너무 많이 먹으면 위에 무리가 간다며 고모에게 몇 마디 했고, 엄마와 고모는 그 일로 머리채를 잡고 싸웠다. 다 살리자고 하는 일인데도 엄마와 고모는 척을 졌다. 태수 씨를 지독하게 사랑해서 서로를 끔찍하게 미워하기 시작했다. 태수 씨가 뭐라고. 도대체 태수 씨가 뭐라고 우리는 그토록 태수 씨를 사랑한단 말인가?

내가 대학에 입학하고 나서 나와 태수 씨의 정치적 견해는 극도로 갈렸다. 언젠가 태수 씨는 내게 정말 궁금하다는 듯 이렇게 물었다.

"결혼은 같이 하는 건데, 남자가 무조건 집을 해 와야 한다는 게 정말 요즘 여자들의 생각이니?"

언젠가 태수 씨가 보는 유튜브 숏폼을 함께 본 적이 있는데 유독 그런 내용이 많이 나왔다. 메갈이 어쩌고 한국 여자들이 어쩌고…… 나는 태수 씨에게 이런 것들을 정말 믿느냐고 물었고 태수 씨는 실제로 여자들이 그렇지 않느냐며 농담 아닌 농담을 했다. 나는 태수 씨가 그런 말을 할 때마다 속에서 천불이 일었다. 왜냐

하면 태수 씨는 자식이라곤 나를 포함해 딸만 둘이기 때문이었다. 자꾸 요즘 여자들 이야기를 하면서도 내가 요즘 여자라는 생각은 하지 않았다. 그러니까, 태수 씨는 가까이 있는 나를 두고도 저 멀리 있는 요즘 여자들을 보는 식이었던 것이다. 그러니까 유연한 노동문제에 대해 비판하면서도 불가산 노동인 가사 노동에 대해서는 일언반구도 하지 않았다. 사회는 조리 있게 굴러가야 하지만, 가족이라는 제도 안의 조리는 다른 문제였던 것이다.

하지만 태수 씨 또한 견뎌야 했던 것이 너무도 많았다는 걸 알고 있었다. 두 딸을 길러내기 위해 어울리지도 않는 양복을 입고 꾸역꾸역 출퇴근을 반복했다. 그러다 보니 스트레스가 쌓여 술을 먹고 게임을 했다. 그렇게 배가 부르고 불러 복수가 찬 줄도 몰랐다. 병은 소리도 없이 발 빠르게 태수 씨의 몸을 잠식했고 나는 잠식해가는 그 병이 어떤 병인지도 모르고 옆에서 태수 씨가 하는 휴대폰 게임이나 구경하고 불뚝 나온 배를 퉁퉁 치며 놀려댔다. 그러면서도 태수 씨는 자꾸 책임질 것들을 만들어나갔다. 특히 유자에게는 더 각별해서 나와 동생은 정신 차려보니 막내가 생겼다며 툴툴거리곤 했다.

다 알면서도 참고 사는 거야. 그런데 너네는 왜 그러

그 개와 혁명

니? 태수 씨는 내게 이렇게 물어 온 적이 있었다. 그러나 나는 태수 씨의 삶은 치열하면 치열했지 참고 견디는 방식으로 이어져온 것이 아니라고 생각했다. 그래도 나는 태수 씨를 사랑했다. 인셀은 사랑하지 못해도 태수 씨 정도는 사랑할 수 있는 사람이었다. 어쩌면 한 사람의 역사를 알면 그 사람을 쉬이 미워할 수 없게 되지 않을까, 그런 생각이 들었다.

성식이 형은 조용히 육개장에 소주 한 병을 천천히 비웠다. 나는 성식이 형 앞에 가만히 앉아 있었다. 아직 이른 새벽이라 조문객이 별로 오지 않아 가능한 일이었다. 성식이 형은 내게 가타부타 더 이상 말도 붙이지 않았으며 오히려 내내 난감한 표정을 짓고 있었다. 그러다 문득 생각이 난 듯 내게 말을 걸었다.

"형주가……"

"태수 씨요."

"그래, 태수 씨가…… 나랑 팔당에 간 적이 있어."

팔당에 가서 그러더라, 네 엄마가 널 임신했다고. 그래서 우리는 그만해야 될 것 같다고. 성식이 형이 그렇게 말했다. 무엇을요? 내가 묻자 성식이 형은 조용히 대답했다. 혁명. 그래서 내가 러시아를 혼자 간 거야. 지령을 받고. 태수 씨도 지령을 받았어요? 아니지. 걔는 듣자마자 말렸지. 걔는 뼛속까지 PD였어. 아무래도 수령님을 모시는 건 자기 길이 아닌 것 같다고 말이야.
자기는 식구들 먹여 살려야겠대. 그래서 내가 펄쩍 뛴
거야. 그러니까 미안하다면서 준 게……

"3백만 원이라고요?"

"그래."

"그래도 줄 건 줘야죠."

"그래야겠지?"

성식이 형은 소주 한 병도 모자라 또 한 병을 비운
뒤 장례식장을 빠져나갔다. 나는 성식이 형을 따라갔
다. 뒤따라오는 나를 의식했는지 걸음이 빨라졌다. 그
러다 갑자기 뒤를 돌아보더니, 알겠다, 담배나 한 대
피우자, 하고 담배를 피웠다. 나도 한 대 빌려 같이 피
웠다. 그리고 성식이 형은 그 자리에서 내게 250만 원
을 이체해주었다. 50만 원은 담뱃값이라고 했다. 그냥
평범한 마일드세븐인데. 내가 말했다. 하지만 성식이
형은 모른 척했고 나는 나름대로 성식이 형의 역사를
알아서인지 그냥저냥 넘어가게 되었다.

"대신 부탁이 있어요."

부탁? 성식이 형이 되물으며 불안한 모습으로 주변
을 둘러봤다. 우리 집 개를 장례식장에 데려와주세요.
그러자 성식이 형이 나를 빤히 쳐다봤다. 그러더니 아
직까지도 미행을 당해, 그렇게 말하며 어둠 속으로 사

그 개와 혁명

라졌다. 나는 멀어지는 성식이 형을 바라보면서 대수 씨도 겁이 났구나, 생각했다. 태수 씨는 나에게 당시 멋지게 화염병을 던지고 공장에 위장 취업을 하고 삐라를 뿌린 이야기밖에 해주지 않았기 때문이었다.

*

나는 인유두종바이러스를 가지고 있다. 자궁경부암에 걸릴 확률이 꽤나 높은 고위험군 바이러스로 의사는 내게 분기별 검진을 권했다. 처음 바이러스가 있다는 걸 알고 자궁경부암 검사를 했을 때, 결과가 나오기까지 3일의 시간이 걸렸다. 나는 그 시간 동안 자궁을 들어내는 것과 진단비 2천만 원을 받아내는 것을 동시에 상상했다. 월급은 형편없었고 대출 이자는 천정부지로 치솟을 때였다. 결국 나는 가까운 친구에게 이렇게 말했다. 나 아무래도 (암에) 걸리더라도, 진단비를 받는 쪽인 것 같아. 그러자 친구가 기함을 했고 그 후로 다시는 그런 말을 함부로 내뱉지 않았다. 나는 태수 씨와 데칼코마니 같은 병원 복도를 빙빙 돌 때마다 그 생각을 하곤 했다. 그때부터 내가 하는 모든 말이 나를 찌르기 시작했다. 결국 암에 걸린 것은 태수 씨였다. 병은 내가 상상한 것보다 훨씬 고통스러웠고 삶은 지독히도 내 뜻대로 굴러가지 않았다. 아니, 내 삶을 단한 번이라도 손에 쥔 적이 있던가. 삶은 언제나 나를 쥐고 흔들 뿐이었다.

태수 씨는 MRI 찍는 것을 포기했다. 커다란 통 속에 들어가는 것이 꼭 숨통을 조이는 것만 같다고 했다. 아티반을 주입했는데도 통 속에서 고함을 지르고 몸부림을 쳐서 간호사 세 명이 들러붙어 진정시켜야 했다. 나는 그때 대기실에서 전자책을 읽으며 태수 씨를 기다리고 있었는데, 두 시간이 지나도 태수 씨가 나오지 않았다. 검사실에 드나드는 사람들의 얼굴은 빨갛고 까무잡잡했다. 나는 하얀 천 아래의 맨발들만 봐도 그들이 태수 씨가 아님을 알았다. 결국 데스크 간호사에게 태수 씨의 행방을 물은 끝에 검사를 시작한 지 15분도 안 되어 병실로 복귀했음을 알았다. 전화 한 통 하지 않은 태수 씨에게 머리끝까지 화가 난 채로 엘리베이터로 향했다. 그즈음 태수 씨는 휴대폰을 보지 않았다. 전화가 와도 받지 않고 좋아하는 유튜브도 보지 않았다. 병실에 도착하자 태수 씨가 엎드려 울고 있었다. 나는 태수 씨의 등을 쓸어내리며 말했다.

"태수 씨, 나 인유두종바이러스가 있대."

"그게 뭔데."

"자궁경부암을 일으키는 바이러스야."

"수민아. 그거 성관계 때문 아니니?"

"응, 맞아."

"누구 때문이니?"

"태수 씨, 그건 몰라."

태수 씨는 코를 훌쩍이며 몸을 일으켰다. 그리고 휴대폰을 들어 무언가를 검색하기 시작했다. 나는 태수 씨가 뭐라도 하는 게 좋아서 말을 하길 잘했다고 생각했다. 자기 걱정 안 하고 남 걱정하는 게 차라리 나으니까. 그렇게 또 병원 복도를 빙빙 돌면서 태수 씨는 자궁경부암에 대한 생각을 했고 자꾸 나에게 의미 없는 질문을 했다. 원래 그런 병에 많이들 걸리니? 몰라, 운 나쁜 섹스하면 걸릴 거야. 나는 그런 태수 씨의 질문에 대충 대답하며 우리가 무슨 잘못을 했는지 오래도록 생각했다. 하지만 결국 우리가 잘못한 건 없다는 결과에 도달했다. 그냥 적당히 돈 없고 적당히 뭘 모르고 살아온 것일 뿐인데.

*

건강했을 적, 태수 씨는 페이스북을 곧잘 했는데 남다른 글솜씨로 페친이 꽤 많았다. 페친들은 태수 씨에게 감자며 옥수수 따위를 보내주었고 세탁소를 한다

64

는 어떤 페친은 손님들이 찾으러 오지 않는 옷을 여러 벌 챙겨 보내주기도 했다. 태수 씨는 페친이 준 겨울 점퍼를 입고 가족 앞에서 으스대었다. 나도 들어본 적 있는 비싼 브랜드였다. 태수 씨는 세탁소 페친과 술도 먹고 노래방도 다녔다. 태수 씨는 운동을 잘 하지 않았다. 출퇴근이 오래 걸리니 그게 바로 운동이라고 우리에게 떵떵거렸다. 노는 거라곤 술 먹고 고성방가를 하고 담배를 피우고 노래방에 가는 것. 그게 다였다.

반면 엄마는 대학 때부터 테니스 동아리에 들 정도로 테니스에 진심인 사람이었다. 그러다가 테니스 엘보가 오자 테니스를 그만두었다고 했다. 그 후로 엄마는 좀처럼 운동을 하지 않았고 점차 모든 것에 흥미를 잃어갔다. 아니, 정확히 말하면 나를 낳은 이후로 그렇게 되었다고 했다. 그렇다고 너를 미워하거나 그런 건 아니야. 엄마는 그렇게 말했지만, 내가 초등학생 시절 사소한 걸로 트집을 잡고 툭하면 혼을 냈는데, 나는 그게 일종의 괴롭힘이라고 생각한 적이 있었다.

어쨌든 엄마는 테니스를 그만둔 이후로 조금씩 술을 배우기 시작했고 급기야는 태수 씨와 함께 술을 마시러 다녔다. 그렇게 세탁소 페친과도 친해졌다. 그러다가 갑작스럽게 그 페친과 연을 끊게 된 사건이 있었는데, 엄마가 주사를 부린 탓이었다. 갑자기 매운탕을

그 개와 혁명

먹다가 숟가락으로 페친의 빈 정수리를 탕탕 때렸다
고 했다. 처음에는 페친도 장난으로 받아들였는데, 점
점 강도가 세져 페친의 정수리가 붉게 달아올랐다. 태
수 씨는 엄마의 숟가락을 빼앗으려 애를 썼지만 엄마
는 술만 마시면 힘도 세졌기에 마지막으로 한 방, 테니
스공을 치듯이 시원하게 페친의 정수리를 때렸다. 그
술자리는 엉망진창이 되었다.

고맙게도 태수 씨의 페친들이 더러 장례식장에 와
주었다. 물론 엄마가 숟가락으로 정수리를 때린 페친
도 있었다. 나는 그 페친이 절을 하고 국화꽃을 놓을
때 얼른 수첩을 확인한 뒤 마주 서서 인사하는 틈을 노
려 귓속말을 했다. 그 옷들 말이야, 다 짝퉁이더만. 그
러자 페친의 얼굴이 새빨갛게 달아올랐다. 그러고는
식사도 하지 않고 서둘러 장례식장을 나가버렸다. 엄
마는 영문을 몰랐고 나는 속으로 많이 웃었다.

태수 씨는 네 엄마가 골 때리는 주사가 생겼다며 꼴
도 보기 싫다고 화를 냈지만, 사실 엄마의 사정은 달랐
다. 그 페친이 꼬라지를 부렸다는 것이다. 당신 남편이
속이 없다느니, 누가 내다 버린 옷을 줘도 허허 웃는다
느니, 좀 챙기라느니, 그런 소리를 했다며. 엄마는 어
렸을 때 집이 꽤나 잘살았는데, 어느 정도냐 하면 애들
이 도시락 반찬으로 계란프라이에 김치를 싸 올 때 혼

자 흑빵 사이에 치즈와 햄을 끼운 샌드위치를 싸 다닐 정도였다. 그런 엄마가 가난하지만 낙관적인 태수 씨를 만나 있는 속 없는 속 다 버리고 살아왔다. 그러니 페친의 은근한 조롱을 모를 리 없었다. 우리 가족은 그렇게 속없이 살아왔어도, 기쁠 때 기뻐할 줄 알고 화낼 때 화낼 줄도 알고 살아왔다는 것이다.

그래서 우리 가족은 태수 씨가 아픈 뒤로도 조금씩 기뻐했다. 물론 많이 슬펐지만, 슬픈 와중에도 틈틈이 기뻐했다. 우리는 태수 씨가 아프고 나서 태수 씨의 먹는 것과 싸는 것에 모두 집중하고 좋아했다. 나는 태수 씨가 미음을 한 숟가락 뜨거나 통잠을 자면 온 가족에게 전화를 걸었고 대변을 보면 그것을 사진으로 찍어 기록해두었다. 내 생전 남의 대변을 사진으로 찍게 될 거라곤 상상도 못 했다. 그런데 병원 생활이라는 게 그랬다. 개인의 모든 식생에 집중하게 되었고 작은 변화 하나에도 심장이 내려앉거나 자그마한 희망을 품게 되었다.

오후가 되자 장례식장은 사람들로 붐비기 시작했다. 나의 가까운 친구들과 먼 친구들까지 알음알음 찾아왔는데 태수 씨의 친구가 가장 많았다. 나는 몽롱한 정신으로 조문객을 맞이했고 수첩을 펼친 뒤 SNS나 사진 등을 통해 알아둔 얼굴을 매치해 태수 씨의 말을

그 개와 혁명

전해줬다. 그러면 어떤 사람은 울었고 어떤 사람은 웃었다. 또 어떤 사람은 더러 화를 내기도 했다. 그럴 때마다 엄마는 영문을 모른 채 내가 들고 있는 수첩을 뺏으려 들었지만, 나는 결코 내어주지 않았다.

몇몇 노인은 완장을 찬 내게 태수 씨가 아들이 없어 안타깝다는 소리를 했다. 나는 그렇게 안타까울 일은 아니에요,라고 맞받아쳤다. 그러면 엄마가 하지 말라고, 그러지 말라고 손을 내저었다. 애도하러까지 와서 굳이 그런 말을 하는 사람들이 더욱 이해되지 않았다. 사촌 동생이 남자라는 이유로 상주 노릇을 해야 한다는 것도 터무니없는 말이었다. 누구보다 태수 씨를 잘 알고 사랑하는 맏딸이 여기 있는데. 하지만 사랑을 증명할 길은 달리 없었다. 누구의 사랑이 더 크다고 말할 수 있을 것인가. 우리는 한 트럭의 미움 속에서 미미한 사랑을 발견하고도 그것이 전부라고 말하는데. 더군다나 나는 태수 씨를 사랑하고 있다는 걸 태수 씨가 아프고 난 다음에야 깨달았다. 휴대폰 알람이 울렸다. 모르는 번호로 문자가 와 있었다. 집 비번은? 성식이 형이었다.

*

생전 태수 씨는 친구가 워낙 많아 장례식장은 빈틈
없이 꽉 채워져 있었다. 하지만 나를 통해 온 조문객은
몇 명 없었다. 친한 친구 몇 명만 종일 빈소를 지켜주
었다. 소중한 이들에게나 잘하면 된다고 나름대로 담
담히 받아들이려고 했지만, 서운한 마음은 어쩔 수 없
었다. 하지만 누구에게 서운해한다는 말인가. 나는 대
학 때부터 가까운 친구도 몇 명 없고 회사도 퇴직금 받
을 시기만 다가오면 그만두기 일쑤였다. 바로 직전까
지 다니던 회사도 태수 씨를 간병하기 위해 그만뒀지
만 겨우겨우 1년을 채운 뒤 나가는 꼴이 좋지 않기는
마찬가지였다. 작은 중고 거래 플랫폼 회사였는데 칸
막이도 없는 널따란 공간에 사무실용 책상만 다닥다
닥 서른 개가 늘어서 있었다. 휴게실도 없는 곳에서 나
를 포함한 직원들은 점심때마다 온갖 음식 냄새를 풍
기며 도시락을 먹고 나머지 시간에는 일을 했다. 나는
운영 팀에 소속되어 주로 올라온 매물을 검수하고 고
객 관리 업무를 했다. 시간이 나면 몰래몰래 데스크톱
으로 전자책 뷰어를 다운받아 전자책을 읽었다.

일이 간단한 만큼 연봉은 매우 적었다. 나는 매일
6시만 되면 자리에서 일어나 퇴근을 했지만, 개발 팀

은 그러지 못했다. 개발 팀은 이십대 중후반의 직원이 대다수였고 막 IT 업계로 발을 들인 사람들이 많았다. 이곳을 발판 삼아 더 나은 곳으로 가기 위해 노력하는 사람들. 개발 팀 어떤 직원 중 하나가 이 회사의 운영 팀이 고삼녀들의 마지막 종착지라며 우스갯소리를 했다고 들었다. 그들이 말하는 고삼녀란 고학력자 삼십대 여성의 줄임말이었다. 운영 팀끼리 점심 회식을 하는 자리에서 그런 이야기가 나왔는데 나는 그 말이 어느 정도 일리가 있다고 생각한다며 넌지시 말을 보탰다. 그러자 분위기가 싸해졌다. 그러니까, 어딜 가도 나는 그런 식이었던 것이다.

　사람들은 각양각색으로 태수 씨의 죽음을 애도했다. 통곡을 하는 사람도 있었고 훌쩍이는 사람도 있었고 삼삼오오 모여 술을 마시며 즐거워하는 사람들도 있었다. 나는 슬퍼하는 쪽보다는 즐거워하는 쪽이 편했는데, 우는 것에 너무 질려버렸기 때문이었다. 우리 가족은 태수 씨가 없을 때 정말 많이도 울었지만, 태수 씨 앞에서는 함부로 울지 않았다. 그건 태수 씨도 마찬 가지였다. 태수 씨는 항암 치료를 시작하면서 요양 병원으로 거처를 옮겼다. 대학 병원 병실은 자리가 없었기 때문이다. 태수 씨는 우리 형편에 1인실이 어렵다는 걸 알아서 2인실을 써야 했지만 병원 원장을 구워

삶아 2인실값에 1인실을 얻어내고야 말았다. 태수 씨는 그런 사람이었다.

나도 태수 씨 같은 사람이 되고 싶었는데. 언젠가 내가 그런 말을 한 적이 있었다. 태수 씨는 요양 병원 꼭대기 층에 있는, 정원이라고 불리는 정원 아닌 곳을 좋아했다. 그곳에는 비싼 안마 의자도 있었고 족욕을 하는 공간도 따로 있었다. 태수 씨를 휠체어에 태워 그곳으로 데려가면 태수 씨는 담요를 두른 채 휠체어에 앉아 꾸벅꾸벅 졸았다. 그러면 나는 거기서 족욕도 하고 안마 의자에 누워 낮잠을 자기도 했다. 태수 씨는 그게 좋다고 했다. 내가 그러는 거, 족욕도 하고 낮잠도 자는 거. 사실 족욕이라고 하기에는 애매하게 미지근한 물밖에 나오지 않았지만, 나는 미지근한 물에 오래도록 발을 담근 채 태수 씨에게 말을 걸었다. 나도 태수 씨 같은 사람이 되고 싶었는데. 태수 씨는 내 말을 듣자마자 그러냐, 했다. 그러더니 내가 어떤 사람인데, 되물었다.

"모든 일에 훼방을 놓고야 마는 사람."

그렇게 말하자 태수 씨가 웃었다. 웃다가 허리가 아픈지 눈살을 찌푸렸다. 나는 그때 태수 씨에게 고삼녀의 뜻을 알려주며 내가 그런 말을 들었다고 했다. 그러자 태수 씨는 잠자코 이야기를 듣더니 고개를 들었다.

그 개와 혁명

그리고 눈을 동그랗게 뜬 채로 물었다. 네가 벌써 서른이니? 응, 태수 씨. 나 서른이야. 많이도 먹었다. 그러게. 근데 말이야. 나이라는 게 사람을 주저하게도 만들지만 뭘 하게도 만들어. 그 사람들이 뭘 모르고 하는 말이야. 아빠는 어이고, 내 나이가 사십이네, 하면서 조금 어른스러워졌고 어이고, 내 나이가 오십이네, 하면서 조금 의젓해졌어.

"그런데 그거 알아? 나는 태수 씨가 운 걸 딱 한 번본 적 있어."

"언제?"

"노무현 전 대통령 추모제 때. 그때 태수 씨가 국화꽃을 놓으면서 하염없이 울었어. 나 꽤 어렸을 땐데. 그래서 되게 무서웠어."

그러자 태수 씨가 희미하게 웃었다. 정말 열렬히 사랑했던 사람이었거든. 태수 씨는 그렇게 말하더니 잠자코 있다가 내게 거울을 보여달라고 했다. 나는 가지고 있는 거울이 없어 휴대폰 전면 카메라를 켜서 태수 씨에게 보여주었다. 그러자 태수 씨가 머리를 이리저리 비춰 보더니 인상을 잔뜩 찌푸린 채 눈물을 흘렸다.

"아빠, 왜 그래."

"무서워서 그래."

"뭐가?"

"있잖아, 수민아. 그냥 죽고 싶은 마음과 절대 죽고 싶지 않은 마음이 매일매일 속을 아프게 해. 그런데 더 무서운 게 뭔지 알아? 그런 내 마음을 어떻게 알고 온갖 것이 나를 다 살리는 방식으로 죽인다는 거야. 나는 너희들이 걱정돼. 사는 것보다 죽는 게 돈이 더 많이 들어서."

나와 태수 씨는 그때 처음으로 함께 울었다. 하도 오래 발을 담가서 발가락이 팅팅 불어 있었다. 나는 울먹거리며 태수 씨에게 물었다. 태수 씨는 왜 족욕을 안 하는 거야? 그러자 태수 씨도 훌쩍이며 대답했다. 아빠는 무좀이 있잖아.

*

그 후로 태수 씨와 나는 더 많은 대화를 나눴다. 알고 보니 태수 씨는 잔뜩 겁에 질려 있었다. 휴대폰을 보지 않는 것도, 내게 전화를 나가서 받으라고 하는 깃도 겁에 질려 있어서 그런 것이었다. 자기 빼고 돌아가는 세상이 무섭다고 했다. 나는 태수 씨 앞에서 휴대폰을 꺼내는 대신 만화책을 잔뜩 빌려 와 태수 씨와 함께 읽었다. 태수 씨 젊었을 적 이야기도 많이 들었다. 이미 몇 번이나 들었지만 못 들은 척했다. 어김없이 성식

그 개와 혁명

이 형이 또 나왔다.

"성식이 형이 네 엄마를 좋아했어."

"엄마 인기 많았네."

"엄마도 NL이었거든."

"아빠는 PD였다며."

"응."

"그런데 어떻게 연애를 했어? 둘은 사이가 안 좋았다며."

"머리핀 공장에서 만나서."

나는 태수 씨가 머리핀 공장에서 일을 하는 모습이 좀처럼 상상되지 않았다. 똑딱 핀에 조그마한 큐빅이나 리본을 붙이고 있을 태수 씨. 나는 아직도 NL이 무엇이고 PD가 무엇인지 모르지만, 그것이 태수 씨와 엄마를 살아 있게 했다는 것은 알고 있다. 세상의 중심을 논하는 방식이었다는 것도 알고 있다. 나는 그것들이 부럽게 느껴지기도 했다. 똑딱 핀을 만들며 그들은 무슨 도모를 그렇게 열심히 했을까. 나는 여태까지 도모해온 일들을 떠올리려고 노력하다가 포기하고야 말았다. 그렇게 거창한 일은 생전 해본 적이 없었다.

새벽 3시쯤 되자 조문객이 현저히 줄었다. 엄마와 동생은 작은 방에 들어가 잠시 쪽잠을 청하고 나는 자리에 앉아 꾸벅꾸벅 졸고 있었다. 옅은 꿈에서 태수 씨가 나에게 좀 일어나라, 잠충아, 소리를 질렀다. 그리고 자꾸 내게 했던 말을 또 했다. 태수 씨는 꿈에서도 했던 말을 또 하는구나, 잠결에 그런 생각을 했다. 그런데 누가 내 어깨에 지그시 손을 얹었다. 눈을 떠 보니 이전 회사의 차장님이 와 있었다. 나는 놀라 서둘러 몸을 일으켜 인사를 했다. 그러자 차장님이 내 두 손을 잡고 헤벌쭉 웃어 보였다. 차장님은 늘 그렇게 웃었다.

차장님과 나는 종종 함께 외근을 나갔다. 외근이라지만 하는 일은 볼품없었다. 사장님의 아이들이 하원하는 시간에 맞춰 픽업한 뒤, 사모님이 오기 전까지 놀이터에서 놀아주는 일이었다. 두 아이는 곧 제주도에 있는 국제학교에 입학할 예정이라고 했다. 사장님은 내게 친절한 말투로 일렀다. 그러니까, 조금만. 수민 씨 인상이 제일 좋아서 그래. 그러나 나는 면허가 없어서 이 회사에 10년 동안 근무하고 있는 차장님이 함께 가게 되었다.

나와 차장님은 아이들 그네를 밀어주면서, 미끄럼틀을 태우면서 많은 이야기를 했다. 요즘은 놀이터에 모래가 없네요, 그런 이야기도 하고, 제가 사실 주식으로 천만 원을 잃었는데요, 그런 이야기도 했다. 아니 주로 이야기를 하는 쪽은 나였다. 이상하게 차장님의 헤벌쭉한 표정을 보고 있으면 그런 말이 잘도 나왔다.

그 개와 혁명

차장님은 자주 말을 더듬었고 틈만 나면 헤벌쭉 웃었지만 말을 듣다 보면 명민한 사람이라는 인상을 주었다. 나는 그런 차장님이 정말 어른 같다고 생각했고 많이 의지했던 것 같다. 차장님은 자리에 앉더니 내게 잠시 앉으라고 손짓했다. 나는 고요한 주변을 둘러보다가 차장님 앞자리에 가서 앉았다. 그러자 차장님이 육개장에 밥도 말아주고 숟가락에 수육도 올려주었다. 그러면서 내게 말했다.

"수민 씨 없어서 요즘 회사 다니는 게 아주 고역이야."

"그전에도 잘만 다니셨잖아요."

"그래도 있다가 없는 거랑 같나?"

차장님이 육개장을 한입 크게 먹었다. 그리고 맥주도 한 병 까서 마셨다.

"어떻게 알고 오셨어요?"

"수민 씨가 문자 보냈잖아."

나는 할 말이 없어서 식탁을 덮은 여러 장의 전지만 바라보고 있었다. 그러자 차장님이 말했다. 나는 수민 씨가 조금 다른 사람인 거 대번에 알아봤어. 환경운동이니 페미운동이니 그런 배지들 가방에 주렁주렁 달고 다니잖아. 차장님이 진지하게 페미운동이라고 말하는 걸 듣고 괜히 웃음이 터졌다. 그게 차장님이랑 무슨 상관이 있어요? 내가 묻자 그냥 그런 것들이 보기가 좋았다고 했다. 차장님도 어렸을 때 운동 같은 걸 한 적이 있는데, 그때가 기억이 났다고. 나는 도대체 무슨 운동을 했느냐고 물어보고 싶었는데 말이 잘 나오지 않았다. 그 대신 괜스레 눈물이 났다.

"차장님도 요즘 여자들이 그렇게 싫으세요?"

"요즘 여자들? 우리 회사 요즘 여자들은 다 괜찮아."

차장님은 10년 동안 같은 회사에 있어서 그런지 모든 사람을 다 회사 사람들과 비교했는데, 어쨌든 괜찮은 사람들이라는 말로 끝을 맺었다. 나는 차장님이 그래서 좋았다. 요즘 애들, 옛날 애들 가리지 않고 맞춰가는 그 유도리가 진짜 멋으로 느껴졌다. 그러니까, 나같은 요즘 애들은 똑딱 핀을 만들면서 무언가를 도모할 거리는 없었지만, 그래도 뜻이라는 게 있었다. 삶을 살아가고자 하는 뜻, 의지, 그런 것들. 비록 미적지근할 뿐이지만, 중요한 건 분명히 그런 게 존재한다는 것이었다. 나는 수첩을 꺼내지 않고 차장님에게 말했다. 차장님, 평생 차장님으로 남아주시면 안 돼요? 그러자 차장님이 헤벌쭉 웃으며 말했다. 아무래도 그럴 것 같지?

그 개와 혁명

사실 태수 씨 장례식 프로젝트의 핵심 인물은 동생 수진이었다. 나와 수진은 일주일을 절반씩 갈라 태수 씨의 간병을 도맡았다. 엄마는 직장을 그만두면 안 되었기에 그렇게 했다. 수진은 처음에는 나보다도 많이 울었지만, 나중에는 누구보다도 먼저 태수 씨의 병에 적응을 하고 이런저런 규칙을 만들기 시작했다. 클리어 파일을 사서 A4 용지를 끼워 넣고, 그날그날 태수 씨가 먹은 것들을 기록해놓았다. 그리고 그것들을 카톡으로 우리에게 공유하기 시작했다. 변이 나오지 않는다고 하면 유산균을 먹이고, 누룽지를 잘 먹는다 싶으면 바로 쿠팡에서 누룽지 한 박스를 배송시켰다. 누가 시키지도 않는데 그랬다. 나와 엄마는 수진의 지시대로 태수 씨를 간병했고 잠을 못 자면 머리를 쓰다듬어주라고 해서 시키는 대로 했다. 그러면 태수 씨는 정말 잠에 들었다.

옛날에 태수 씨가 그런 적이 있었다. 아빠는 죽으면, 장례식은 재미있게 하고 싶어. 그래서 처음에 수진은 나에게 그렇게 제안했다. 태수 씨의 영상을 만들자. 그러나 나는 마른 모습의 태수 씨를 다른 사람들에게 보여주고 싶지 않았다. 그건 태수 씨도 원하지 않을 거라고, 그건 우리 입장일 뿐이라고 딱 잘라 말했다. 그러자 수진이 태수 씨에게 직접 물어본 것이다. 나는 처음 수진의 말을 듣고 화를 냈지만, 막상 직접 보니 태수 씨는 묘한 활력에 들떠 있었다.

나와 수진은 교대하기 전 한 시간 정도 시간을 내어 태수 씨의 이야기를 들었다. 돈을 갚지 않고 러시아로 떠나버린 성식이 형에 대해서, 자신이 수배당했을 때 재워준 민재 형에 대해서, 내 돌잔치 때 두 돈이나 되는 금반지를 해준 의식이 형에 대해서. 나와 수진은 그것을 음성 메모로 기록하고 수기로 적으면서 그들에게 해줄 한 마디 한 마디를 함께 고민했다. 그러다가 상주 이야기가 나왔고 태수 씨는 내가 상주를 할 수 없는 제도가 몹시 못마땅하다고 했다.

"내가 하면 되지, 상주."

"그게 그렇게 되나?"

"요즘 여자들은 다 해."

내가 태수 씨를 째려보듯 말하자 태수 씨가 와하하 웃으며 내게 속이 좁다고 했다. 나는 혹여 태수 씨가 이렇게 말한 것이 남들에게 농담처럼 들릴까 걱정되었다. 그래서 태수 씨가 고통에 몸부림칠 때도 녹음기를 켜두고 태수 씨의 손을 잡고 몇 번이나 물었다. 태수 씨, 내가 상주지? 응. 내가 상주야? 응. 누가? 수민이가, 우리 수민이가……

　우리는 그렇게 태수 씨의 죽음에 관해 우스갯소리를 하고 이것저것 계획하며 삶을 영위해나갔다. 그것은 죽음을 도모하며 삶을 버티는 행위였다. 태수 씨는 자신이 죽는 것을 무엇보다 두려워했지만, 자신의 죽음을 계획하는 일에는 두려움이 없었다. 두 가지는 태수 씨에게 전혀 다른 것이었다. 그렇게 태수 씨가 나와 수진에게 자신의 장례식에 관한 계획 하나를 털어놓게 된 것이었다.

　"사실은 말이야, 아빠도 좀 이상한 건 아는데, 유자가 내 장례식에 와줬으면 좋겠다."

*

　장례식 마지막 날이 됐다. 발인을 하기 두 시간 전이었다. 조문객 몇몇이 여전히 장례식장을 방문했고 나는 거의 먹지도 자지도 못해 정신이 혼미할 지경에 이르렀다. 그때 성식이 형에게 문자가 왔다. 도착. 나는 수진에게 그 문자를 보여주었다. 유자는 15킬로그램이 넘는 진돗개였다. 태수 씨는 퇴직을 한 후에는 귀촌을 하겠다며 철저히 준비를 하고 있었는데, 옛날부터 개를 키우는 것이 꿈이었다며 유기견 입양 사이트를 뒤져 직접 유자를 데려 왔다. 태수 씨는 평소에는 기웃거리지도 않던 부엌에서 고구마를 삶고 고기를 구워 유자에게 주었다. 유자는 갈수록 포동포동해졌고 나와 수진은 제발 그러지 말라고 태수 씨를 타박했다. 엄마도 마찬가지였다. 사람 먹이는 걸 먹이면 똥냄새가 더 심하다고. 엄마는 유자를 조금 못마땅해했다.

어쨌든 유자는 태수 씨를 졸졸 쫓아다녔다. 태수 씨가 올 때면 어떻게 아는지 엘리베이터 소리만 들려도 꼬리를 흔들고 낑낑거렸다. 태수 씨는 유자의 두 앞발을 들어 함께 춤을 추기도 했다. 노래도 없이 추는 그 춤은 신기하게도 경쾌하게 느껴졌다. 그런데도 나는 유자를 태수 씨의 장례식장에 데려오는 게 이상하다고 생각했다. 내가 태수 씨에게 꼭 그래야 하느냐고 묻자 태수 씨는 꼭 그래야 한다고 대답했다. 그러면서 내게 말했다.

"나는 꼭 훼방 놓고야 마는 사람이잖아."

성식이 형은 평소 태수 씨가 타고 다니던 휠체어에 유자를 태워 왔다. 그러니까, 정확히 말하면 유자가 들어간 케이지를 휠체어에 태워 왔다. 담요를 덮은 채로. 장례식장에 개를 데려오면 안 된다는 말은 없었지만, 성식이 형은 안 된다는 걸 알면서도 그렇게 한 것 같았다. 수진은 성식이 형이 휠체어를 끌고 오자 한달음에 달려 나갔다. 엄마는 성식이 형이 또 장례식장에 오는 것이 이상했는지 나가보려고 했다. 나는 엄마의 어깨를 잡으며 나와 수진 그리고 성식이 형이 함께 도모한 것이 있다고 했다. 그러자 엄마가 고개를 갸웃거렸다. 그리고 수진이 담요를 걷고 케이지를 열었을 때, 소리를 질렀다.

장례식장은 말 그대로 난장판이 되었다. 유자는 장례식장 곳곳의 냄새를 맡고 음식을 먹느라 바빴고 벽에다가는 오줌을 누었다. 직원들이 유자를 잡기 위해 이리저리 뛰어다녔지만 쉬이 잡히지 않았다. 유자는 내가 있는 곳으로 한달음에 달려와 꼬리를 흔들었고 나는 유자의 머리를 쓰다듬었다. 그러자 엄마가 울며 소리를 질렀다.

"니들 진짜 미쳤니?"

나는 수첩을 들어 엄마에게 해야 할 말을 찾았다. 그리고 해오던 것과 같이 최대한 태수 씨의 말투를 흉내 내며 말했다. 하지만 울음을 삼켜가며 말하느라 뜻대로 되지는 않았다.

"공 여사, 자중하시오. 우리의 적은 제도잖아."

그러자 엄마, 공 여사가 허탈한 표정으로 자리에 주저앉았다. 유자는 태수 씨의 바람대로 길길이 날뛰었다. 화환과 국화꽃을 물어뜯고 이곳저곳 냄새를 맡고 사람들을 향해 짖어댔다. 나와 수진은 서로 은근한 눈짓을 주고받았다. 장례식장 직원들은 성식이 형을 끌고 나갔다. 성식이 형은 끌려 나가면서도 유자의 만행을 끝까지 지켜보려고 했다. 나는 활짝 웃고 있는 태수 씨의 영정 사진을 보면서 같이 웃어 보였다. 수진도 그랬다. 그것이 태수 씨의 마지막 지령이었기에.

인
터
뷰

예소연×홍성희

홍성희 창밖에 온통 푸른 잎이 가득한 날이에요. 내내 왕성한 여름, 반가운 인사드립니다. 지난해 겨울 〈소설 보다〉 인터뷰에서 "조금 이색적인 장례식이 이루어지는 소설을" 계획하고 있다고 살짝 말씀해주셨는데요. 그 빛깔을 담은 「그 개와 혁명」을 읽으며, 지나온 계절과 해를 다시 만나는 기분이 들어 반가웠습니다. 나누어지는 듯 연결되는 시간 내내 어떻게 지내셨는지요. 어떤 날들과 함께인지 궁금합니다.

예소연 안녕하세요. 요즘 저는 온 힘을 다해 잘 지내고 있습니다. 하루에도 몇 번이나 진절머리 나게 행불행을 점쳐보며 살지만, 저는 오히려 이런 상태 속에서 이상한 동력을 얻는 것 같아요. 회사를 그만두었고 그만둔 만큼 물질적으로 쪼들리며 살고 있는 동시에 어느 때는 소비력에 충만해서 충동구매를 하기도 하고 어느 때는 아무것도 아닌 일들로 눈물을 줄줄 흘리기도 합니다. 지난번에는 서울로 오는 버스 안에서 운전석 옆에 틀어진 TV에 나오는 윤석열 대통령을 보며 눈물을 흘렸어요. 이유는⋯⋯ 잘 모르겠습니다.

홍성희 제목으로 먼저 소설을 마주하면서, 언어로 무언
가를 지시하는 일에 대하여 생각하게 되었어요.
'혁명'이라는 무거운 한자어를 한참 바라보다,
그 앞에 '개'가 있다는 것을 시차를 두고 알아차
렸습니다. 그렇다면 이 소설은 '그 개'의 '혁명'에
대한 이야기일까 다시 가늠해보다 '그'라는 말이
문득 낯설게 느껴졌어요. 왜인지 「그 개와 혁명」
에서 '그'는 '개'나 '혁명'이라는 하나씩의 단어가
아니라, '개와 혁명'을 하나처럼 둥그렇게 묶어
가리키는 것 같았습니다. 지난해 봄에 만난 '사
랑과 결함'이라는 말 묶음과, 그 안에서 기묘하
게 누워 있는 여와 남의 모습을 떠올려보게 되었
던 것도 같습니다. 「그 개와 혁명」에서는 데칼코
마니 같이 펼쳐진 병원 공간을 반복하여 오가는
태수 씨와 수민의 시간이 그려지기도 하는데요.
예소연 작가에게 단어들을 나란히 엮는 일, 엮인
것을 접어 겹치지 않은 채로 들여다보는 일은 어
떤 마음과 닿아 있는 것일지 이야기 나누어보고
싶습니다.

예소연 세계를 지시하는 단어는 많은데, 제 삶을 분명
하게 짚어주는 단어는 좀처럼 없네요. 그런데 그

런 지시어들을 가만히 조합해보면, 그 불가해함이 어떨 때는 우리를 막연히 설명해줄 거라는 생각에 벅찬 마음이 들어요. 그러나 어떨 때는 그 엄청난 무가치함에 고개를 푹 숙이곤 합니다. '개와 혁명'은 분명히 함께 있음으로써 힘을 갖는 단어들이라고 생각해요. 이제는 최선의 존재가 되어버린 것과 한때 최선의 가치라고 여겨졌던 것이니까요. 아, 아까 제가 부쩍 눈물이 많아졌다고 했는데요. 두 단어를 따로 또 같이 떠올리면 이상하게 눈물이 나기도 해요. 참으로 별난 감수성입니다.

홍성희 제목에 우뚝한 두 글자처럼 소설에는 '혁명' '지령' '투쟁' '운동' 같은 단어들이 돌올하게 펼쳐져 있습니다. 수민의 언어에서 그것은 '뜻'과 '의지'로 다르게 말해지기도 하는데요. 이 단어들 사이에서는 수민이 느끼듯 분명한 시차가 감지되기도 하지만, 소설은 사이를 벌리려는 힘을 천천히 풀어 이완해가고 있는 것 같아요. 머리핀 공장에서 만난 NL과 PD처럼, 함께 "죽음을 도모하"는 수민과 수진과 태수 씨 그리고 성식이 형 또 유자는 차이를 그대로 둔 채로도 그것을 가로질러

"태수 씨의 지령"을 차근히 실현해가니까요. 태수 씨의 바람에 수진이, 이어 수민이, 그렇게 하나씩의 존재들이 더해져가는 것이 저에게는 '도모'라는 말을 다르게 펼쳐내는 긴 시간으로 느껴졌습니다. 소설에 돌올하게 퍼져 있는 언어들도 그렇게 시간 속에서 더 많은 결과, 더 넓은 폭을 가질 수 있지 않을까 생각하게 되었어요. 예소연 작가의 소설에서 '결함'이나 '은총' '벽지' 같은 단어들에 인물들의 시간이 더해져 익숙하지 않은 빛깔을 입어가는 것도 함께 떠올리게 되었습니다. 그래서 저는 어떤 '세대'에 대한 애도나 '장례'보다는 언어를 다르게 이어가는 방법에 대한 고민으로 읽었는데요. 작가에게 지금 '혁명'이나 '운동' 같은 단어를 사용하는 것, 때로 그것을 '뜻'이나 '의지' 같은 단어로 바꿔 말하기도 하는 것은 어떤 의미를 갖는 일일지 궁금합니다. 수민과 차장님의 대화가 특히 여운이 많이 남기 때문인 것 같아요.

예소연 가장 가까운 사람 중에 '혁명'과 '투쟁' 같은 단어들을 몹시 멋지고 거창하게 구사하는 사람이 있어요. 늘 힘이 잔뜩 들어간 목소리로 조리 있게 제 뜻을 주장하는 사람이에요. 그 사람의 이야기를 듣다 보면 순식간에 빠져들다가도, 문득 반발심이 들어 한 발짝 떨어져서 생각하게 돼요. 그런 뒤에 나는 '요즘 사람'이라서 그런가? 그럼 저 사람이 '옛날 사람'인가? 하며 은연중에 구분 짓게 되고…… 또 얼마 지나지 않아 그렇게 나누는 건 옳지 않다고 생각하게 되어요. 저는 제 나름의 방식으로 그 힘이 잔뜩 들어간 목소리를 해석하고 싶었어요. 사실 언어는 어떻게 쓰고 옮기느냐에 따라 확장되기도 하고 축소되기도 하고 이리저리 비틀며 새로운 의미를 만들어내잖아요. 특히 소설 속 존재들은 제가 묘사하고 진술하고 문장을 배치하고 쌓아감에 따라서 얼마든지 다채롭고 풍성해지죠. 그래서 '우리'가 어떻게 엮여서 유연하게 흐를까에 대한 고민을 많이 했던 것 같아요. 질문하셨듯이, 제게 지금 '세대'보다 중요한 건 이 순간의 '우리'예요. 우리는 지금 어느 지점에 도달해서 또 어디를 향해 나아갈 수 있을까요? 어떻게 우리는 서로의 언어를 이해할 수 있을까요? 그런 물음들 사이에서 소설을 시작했고 고맙게도 인물들이 잘 움직여주었어요.

홍성희 소설을 읽으면서 제가 매번 숨을 고르게 된 곳은 수민이 태수 씨를 '아빠'라고 부르는 장면이었어요. 수민은 태수 씨가 떠난 이후에도, 그 이름의 맥락을 모르는 이에게도 아빠의 이름을 '태수 씨'라 부르고 정정해주기까지 하는데요. 그만큼 수민과 가족들의 간절함을 내내 함께 움켜쥐게 되었습니다. 그런데 수민이 아빠라고 부르는 장면에서는 문득, 태수 씨의 간절함도 나란히, 선명히 쥐게 되었어요. 이 장면의 마지막 문장인 "아빠는 무좀이 있잖아"에서 태수 씨가 수민을 향해 자신을 '아빠'라고 부르는 마음을 멈추어 생각하게 되었습니다. 다른 소설에서 예소연 작가는 고모를 부르는 말이 달라져가는 시간과 그 모든 시간의 끝에 가만히 이름을 부르는 순간, 다른 사람과 이름을 바꿔 부르는 이들을 내버려 두는 시간과 꾹꾹 눌러 적어 이름을 정정하는 순간 등을 그리기도 했는데요. 누군가의 이름을 부르는 일, 혹은 어떤 호칭을 사용하는 일에 대해 가지고 있는 특별한 마음을 청해 듣고 싶습니다.

예소연 저는 누가 소연아, 하고 불러주면 그게 그렇게 좋아요. 그래서 타인의 이름을 부르는 일에도 주저하고 싶지 않고요. 가까운 사람들을 떠올릴 때 주로 제게 소연아, 부르는 모습이나 제 이름만 달랑 보낸 그 사람의 메시지를 떠올려요. 그러면 가슴이 덜컥 내려앉기도 하고 뜻 모를 기쁨이 덮쳐 오기도 해요. 그래서 소설 속 인물들이 서로의 이름을 많이 부르는 편이에요. 수민은 어떻게든 아빠를 살리고 싶어서, 그 마음이 남아 있어서 아마 꿋꿋이 태수 씨라고 불렀을 거예요. 하지만 누구보다 태수 씨를 아빠라고 부르고 싶은 사람일 거고요. 「사랑과 결함」(『소설 보다: 봄 2023』) 속 고모도 어린 성혜에게 항상 누가 좋으냐고 물어보죠. 그때도 저는 고모가 '순정'이라는 자기 이름을 아이로부터 직접 듣고 싶어서 그런다고 생각했어요. 이름 부르기. 한 사람이 할 수 있는 가장 작고 다감한 의지의 일환이라고 생각해요.

홍성희 수민과 태수 씨는 정의 내리는 언어들의 복판에서 함께 길을 찾아가고 있는 것 같아요. '요즘 여자들'이라는 말을 두고 부딪치고 눈을 흘기기도 하지만 '고삼녀'라는 말을 같이 펼쳐내기도 하고, "나는 그런 식"이고 "태수 씨는 그런 사람"이라

인터뷰 예소연 × 홍성희

는 수민의 정의 내리기에 기대어 나란히 "모든 일에 훼방을 놓고야 마는 사람"으로 장례식을 도모하기도 합니다. 누군가를 '그런 사람'이라고 규정하는 일은 대상화하고 비하하고 통제하는 방향으로 나아가기도 하지만, 끌어안아 사랑하는 방법이 되기도 하는 것 같아요. 고통에 몸부림치는 태수 씨에게 "내가 상주지?"라고 거듭 물어 목소리를 녹음하거나 장례식을 시작하면서부터 온몸으로 싸워야 하는 수민에게처럼, 때로 사랑하는 방법으로서의 의미를 지켜내기가 무척 힘이 들더라도요. 예소연 작가는 무리 안에서 내가 어떤 사람으로 규정되는지를 기민하게 포착하고 그것과의 관계 속에서 스스로 내린 정의에 따라 모종의 역할을 수행하는 아이들을 촘촘히 그려왔는데요. "태수 씨 같은 사람이 되고 싶었"다는 수민의 마음에 무게를 실으면서 이번 소설을 통해 정의 내리는 일에 대한 생각을 어떻게 옮겨가고 있는지 궁금합니다.

예소연 요즘 세상은 누군가를 참 못된 방식으로 '그런 사람'이라고 규정하는 것 같아요. 온갖 방식으로 어떤 사람을 편협한 단어에 가둬놓고 정말 '그런 사람'으로 만들어버리잖아요. 그러다 보면 그 사람의 또 다른 면모는 아예 사라져버리기도 하고요. 예전에는 정말이지, 화도 많이 내고 실제로 막 덤벼들기도 했는데요. 요즘에는 그것 자체가 에너지 낭비더라고요. 나쁜 마음도 많이 먹게 되고요. 특히 '요즘 여자들'이나 '고삼녀'(물론 제가 만들어낸 말이지만 이런 식의 말이 실제로도 참 많은 것 같아요) 같은 단어에는 정말이지 실체가 없어요. 결국, 그것들은 돌고 돌아 누군가의 삶을 찌르는 말에 불과한 것이고, 저는 다른 언어로, 다른 방식으로 사람들에게 다가가면 된다는 생각이 들어요. 그 속에서 나의 다름이 언젠가 허를 찌르는 날이 올 거고, 그 또한 제 소설 쓰기의 맥락과 일치한다고 생각합니다.

홍성희 예소연 작가의 소설을 따라 읽으면서 늘 이별하는 방법에 대해 생각하게 되었습니다. 끔찍이 사랑했던 가족의 죽음이나 가장 내밀한 것들을 나눈 친구와의 이별 앞에서, 소설 속 인물들은 종종 마음을 드러내기보다 감추는 방법을 택하는 것 같아요. '배웅'을 위해 작은 봉분을 만들거나 그걸 부술 때에도 인물이 스스로 말하는 마음보

인터뷰 예소연 × 홍성희

다 더 크고 독한 무엇이 계속 감추어져 있는 것 같아 더불어 무서웠습니다. 그런 방어가 그들을 지키는 동시에 할퀴는 시간에 대해 오래 생각했어요. 그런데 이번 소설에서 인물들이 사랑하는 가족과의, 혹은 자기 자신과의 이별을 대하는 마음을 차근차근 밖으로 꺼내고, 또 서로 주고받는 것을 보면서 두려움을 마주하게 하는 힘은 무엇일까를 더 깊이 생각하게 되었습니다. 수민과 수진이 태수 씨를 간병하며 익혀갔을 이별의 방법이 태수 씨에게도 두려움을 걸어갈 방법이 되어가는 시간 속에서, 두려움의 전염성만큼 그걸 마주하는 힘의 전염성도 강하기를 마음 다해 바랐습니다. 그 바람은 이 소설의 힘에 대한 것이기도 한 것 같아요. 이별을 향해 나아가는 것이 아니라 계속해서 이별을 해내가는 시간을 그려내면서 이 소설에 대해 간직한 바람이 있다면 어떤 것일까요?

예소연 '봉분 만들기' 장면과 '태수 씨 이야기'는 쓴 시점이 각각 달라서 제 마음과 생각이 많이 달라졌던 것 같아요. '봉분 만들기' 장면을 쓸 때는 기이한 세계에 놓인 자신의 처지에 분노하는 인물들을 그렸다고 볼 수 있어요. 하지만 '태수 씨 이야기'를 쓸 때는 중심이 '기이한 세계'로 가 있기보다는 '관계'에 치우쳐 있었고요. 사실 저는 요즘 살면서 한 번도 느껴보지 못했던 끔찍한 이별을 상상하고 두려움을 느끼고 있어요. 전혀 침착하지 못하고 합당하지 못한 방식으로 잘못된 생각을 되풀이하고 저를 갉아먹는 시간을 보내고 있습니다. 그렇다 보니, 부끄럽게도 이 소설은 제 바람 자체가 되어버렸어요. 그래서 사실 이 소설을 쓰고 내보내는 게 무척 힘들고 어려웠습니다. 애석하게도 저에게는 두려움을 마주할 힘이 전혀 없어요. 그저 마주할 수밖에 없는 상황이 되어버렸어요. 때때로 운명은 이별을 가혹하게 강요하고 세상은 절차라는 명목으로 자꾸 사랑을 궁지로 몰아버립니다. 결국 그 운명과 세상에 굴복한 저는 결국 반쯤 엇나간 상태에 빠져 어느 때는 웃고 떠들면서, 어느 때는 슬퍼하고 지학하며 시간을 보내게 되었어요. 소설은 제 삶보다 훨씬 정제되어 있어 그것이 답답하게 느껴지기도 합니다. 그런데 이렇게 궁지에 몰릴수록 사랑의 파장은 더욱더 커지는 것 같아요. 그게 참 신기해요. 이 소설의 힘이 있다면 그런 데서 오는 것 같아요.

　　　　　　　　　　　　인터뷰 예소연×홍성희

홍성희 유자는 태수 씨의 이루어지지 못한 시간이기도,
휠체어에서 펄쩍 뛰어내려 훼방을 놓는 태수 씨
의 모습이기도 할 것 같아요. 그런 의미를 넘어
태수 씨를 이해할 필요도 없이 온몸으로 사랑하
는 가족이자 존재이기도 할 것 같습니다. 유자의
'만행'을 보면서, 유자의 샛노란 빛깔이 어쩐지
환하게 다가왔어요. "이색적인 장례식이 이루
어"진 이 소설에서 예소연 작가는 어떤 색을 마
주했을까요? 그 빛깔이 앞으로의 시간과 어떻게
이어질지도 말씀 부탁드립니다.

예소연 제가 상상할 수 있는 가장 즐거운 이별의 상황이
바로 유자의 침입이었는데요. 유자는 형식과 절
차라는 명목으로 많은 것을 배제하는 세계에 침
입하여 교란하는 존재인 데다가 몹시 귀엽고 아
름답습니다. 평론가님 말대로 샛노란 빛깔을 가
진 데다가 심지어 흰 양말을 신은 유자는 결국
장례식에서 쫓겨나겠지만 신나게 한판 논 데 만
족해서 혀를 빼물고 헤헤 웃고 있겠지요. 그런
장면을 상상하면 아 우리는 정말 이어져 있구나,
이렇게 가슴이 아픈 것도 하나의 연결감이구나
그런 생각이 듭니다. 이 작은 장면이 저에게 잠

시나마 얄팍한 위안을 가져다줍니다. 제 시간에 대해 물어봐주셔서 정말 감사합니다. 작은 연결 감을 느꼈습니다. 여러분의 시간은 제 시간보다 도 조금 더 충만하기를 바라봅니다.

인터뷰 예소연×홍성희

천사들(가제)

함윤이
2022년 『서울신문』 신춘문예를 통해
작품 활동을 시작했다.

항아를 만나러 간다. 서울에서 부산까지는 기차로 다섯 시간 반. 한밤중에 타면 새벽녘에 도착하는 셈이다. KTX나 비행기표를 살까 고민하다 결국 무궁화호 표를 끊었다. 항아도 부산에 갈 때면 늘 무궁화호를 탔다. 그럴 만한 이유가 몇 가지 있다고 했다. 우선 푯값이 싸다. 순식간에 매진되는 다른 열차들과 달리, 무궁화호에는 언제나 몇 개의 좌석이 남아 있다. KTX나 비행기에 비하면 한없이 느린 터라 본가에 도착하기까지 마음을 정돈할 시간도 충분히 가질 수 있다.

기차표를 끊으며 항아의 말을 실감한다. 바로 전날 승차권 예매 사이트에 들어갔는데도 무궁화호에는 몇 개의 좌석이 남아 있다. 역방향 좌석이긴 하다. 선택의 여지가 없으니 곧바로 산다. 하루가 바뀔 무렵 열차에 올라탄다. 지난 며칠 밤낮으로 편집 프로그램을 돌린 탓에 앉자마자 잠이 쏟아진다. 열차가 달리는 방향과 반대로 흐르는 차창 너머 풍경이 껌껌하고, 눈꺼풀 속 덩어리진 어둠은 그보다 더 짙다. 그 속에서 몇 시간 전까지 편집하던 타임라인의 조각들이 멋대로 이어진다. 창틀에서 올라오는 히터 기운과 발아래 흔들림이 전하는 철도의 곡절, 천장 어디에선가 울리는 기장의 목소리 모두가 아득하다.

꿈속의 나는 텅 빈 홀에 앉아 있다. 기차역의 홀인

천사들(가제)

듯싶다. 벽과 바닥은 대리석이고, 양 벽으로 길쭉한 창들이 늘어서 있다. 창문 사이마다 버티고 선 기둥들은 하얗게 죽어버린 나무들 같다. 턱을 들면 높직한 천장 가운데로 난 반구형의 유리 지붕이 보인다. 그곳에서 쏟아지는 흰빛이 우리 머리를 적신다. 우리? 그렇다. 우리라고 불러야 한다. 내 옆에 항아가 있기 때문이다. 푹 꺼진 캠핑 의자에 앉은 채 각본을 넘기는 중이다. 우리 사이의 작은 탁자에는 녹색 사이다 병과 두 개의 유리잔, 중국집에서 봄 직한 양철통이 놓여 있다. 나는 항아의 손에 들린 각본을 흘끗거린다. 그것은 항아가 가장 최근에 탈고를 마친 글이다. 첫 장에는 모두 여섯 줄이 씌어져 있다. 몇 달 전 내가 읽은 내용 그대로다.

천사들(가제)

등장인물

여자

남자

그리고 천사

이항아 쓰고 고침!

우리가 앉아 있는 역은 오래전에 폐쇄된 듯 보인다.

한때 기차의 도착과 출발을 알렸을 전광판은 까무룩 꺼져 있다. 열차의 소리나 진동도 느껴지지 않는다. 뒤돌아보면 플랫폼으로 향하는 듯한 통로가 있으나, 안쪽이 귓속처럼 어두우므로 너머 사정은 알 수 없다. 정문 위에 달린 시계만이 제대로 작동한다. 초침과 분침, 시침이 10시를 향해 달려가고 있다. 세 개의 바늘이 목적지에 다다른 순간 종소리가 울린다. 열번째 종소리가 사그라들자 정문이 열린다. 배우들이 들어온다. 역시나 열 사람이다.

항아가 나를 툭 치더니 양철통을 내민다. 어느새 제비들이 통 속에 꽂혀 있다. 끄트머리에 검정, 하양, 은색이 칠해진 제비들. 이게 무어냐 묻자 항아가 눈썹을 찌푸린다.

오디션 조 나누자며. 제비를 뽑아야 나누지.

내가 양철통을 받아 들자, 항아는 벌떡 일어나 홀 앞쪽으로 간다. 마찬가지로 언제 생겨났는지 모를 나무 단상 뒤에 서서 손뼉을 친다. 와주셔서 감사합니다. 항아가 외친다. 저희 영화에 관심을 주셔서 기뻐요. 이제부터 제비를 뽑을 건데요. 여자에 지원하는 사람들은 검정, 남자에 지원하는 사람들은 하양, 천사에 지원하는 사람들은 은색을 뽑으시면 됩니다. 일단 세 줄로 서주실래요? 여자 여기, 남자는 저기, 천사 이쪽으로.

　　　　　　　　　　　　　　천사들(가제)

배우들은 본인이 지망하는 역에 따라 세 줄로 선다. 돌아온 항아가 속삭인다. 뭐 해, 얼른 제비 나눠 줘. 나는 뭉그적뭉그적 일어나 배우들 앞으로 간다. 모든 얼굴이 낯익다. 낯익다는 표현으론 부족할 정도다. 우리는 서로를 알고 있다. 우리는 함께 섞여 놀았다. 몇 사람과는 오랜 기간 밥을 나눠 먹었고, 누구와는 강변이나 폐허를 오갔으며, 몇몇과는 길길이 날뛰며 대화했고, 한둘과는 섹스도 했다. 그리고 대개는 함께 무엇인가 만들어냈다.

배우들은 나를 아는 체하지 않는다. 오디션을 위해 왔으니 그것에만 집중하겠다는 얼굴로 서서 엄숙히 제비를 뽑는다. 곧 같은 번호를 뽑은 이들이 한데 모인다. 모두 세 조가 만들어진다. 나는 홀을 한 바퀴 둘러본 후 항아에게 속삭인다.

이상하네, 아까 열 명이 들어오지 않았나?

열 명이 들어왔다고?

응. 근데 지금은 아홉 사람뿐이네. 한 명이 비어.

그런 장난 좀 치지 말라니까, 무섭단 말이야.

나는 장난이 아니라고 항변하려 하지만, 항아가 배우들에게 장면 지시문을 나눠 주기 시작한 탓에 때를 놓치고 만다. 장면 지시문에는 각 조가 이 오디션에서 보여줘야 할 즉흥극의 개요가 적혀 있다. 배경은 강변이고 주요 사건은 싸움. 조마다 조건에 알맞은 즉흥극을 만들어 선보여야 한다. 장면 끝에 이별이 찾아올지 만남이 이어질지는 각각의 선택에 달렸다. 항아는 즉흥극을 만들어내는 과정이 이 영화에 꼭 필요하다고 강조한다. 즉시 솟구치는 감정을 온몸으로 보여낼 능력이 곧 시작될 현장에서 아주 중요하기 때문이란다.

다음 역은 천안, 천안역입니다. 내리실 분은 미리 준비하시기 바랍니다. 안내 방송에 눈이 뜨인다. 이마가 욱신거린다. 잠든 내내 창문에 머리를 여러 차례 부딪힌 모양이다. 부연 시야 속으로 흐리게 불 켜진 천안역이 보인다. 가방 든 인영人影들이 바삐 플랫폼을 지나고 있다. 철로 너머로 보이는 하늘은 아직 납빛이다.

나는 다시 눈을 감는다. 꿈이 계속 이어지게 해달라고 기도한다. 꿈으로부터 쫓겨나기 싫다고 속삭인다. 다행히 꿈은 나를 버리지 않는다. 나는 다시금 오래된 기차역 홀에 앉는다. 항아가 반투명한 유리창을 등진 채 배우들을 지켜보고 있다. 곳곳에서 연습하는 소리가 울린다. 항아가 내게 다가오더니 얼굴을 가까이 붙인다.

어느 조가 맘에 들어? 비주얼만 봤을 때 말이야.

속삭이는 몸에서는 십대 때부터 써온 레몬 샴푸와

천사들(가제)

싸구려 데오도란트 향, 그리고 묵은 천 냄새가 난다. 나도 몸을 기울이고 속닥인다. 객관적인 평가가 되겠냐? 전 애인들이 섞여 있는데.

항아가 내 편협함을 욕하는 사이 나는 다시 각본을 읽는다. 항아의 새 시나리오는 일종의 판타지-로맨스-코미디로 10년을 만난 연인이 주인공이다. 처음엔 아주 애틋하여 서로만 있다면 평생을 버틸 수 있노라 생각했지만, 10년을 만나는 새 그런 생각을 했다는 사실조차 잊어버리고 말았다. 너도나도 다 알 만한 얘기야. 항아는 말했다. 그만큼 뻔한 서사이므로 제3의 인물이 등장한다고도 했다. 그것이 천사다. 천사이니 인물이라 할 수는 없나.

천사는 관계에서 태어나.

처음 시놉시스를 보여주던 날 항아는 말했다.

관계가 끝나면 천사도 죽어. 천사도 죽는 건 싫으니까, 연인이 헤어지지 않도록 최선을 다하지. 권태기에 빠진 연인을 졸졸 쫓아다니며 각종 이벤트를 벌이는 거야. 하지만 연인들은 천사를 보지도 듣지도 못해서 그가 옆에 있다는 것도 몰라. 아니, 애초에 그런 존재가 있다는 사실조차 상상하지 못해.

그러면 이야기에 어떤 영향도 주지 못하겠네.

아냐. 그래도 관계에서 태어난 존재니까 미묘한 영

향은 줄 수 있어. 상황은 못 바꿔도 옅은 심경의 변화 정도는 일으키는 거지. 물론 연인은 그게 천사 덕이란 사실도 모르겠지만.

그러니까 이건 시라노와 빔 벤더스 사이의 어딘가…… 내가 거기까지 말하자 항아는 볼펜을 던졌다. 개소리 마. 이건 내 이야기야. 레퍼런스 같은 건 없어. 오디션장에서도 항아는 기어코 그 말을 꺼낸다. 여러분, 괜히 레퍼런스 참고하지 마세요. 그는 입가에 양손을 대고 외친다. 알겠죠? 여러분만의 여자, 남자, 천사를 보여주는 거예요. 오직 여러분만 보여줄 수 있는 걸로요. 배우 몇 사람이 귀를 후빈다. 나는 그들을 다시금 천천히, 그리고 제대로 훑는다. 몇 사람은 정말로 오래간만이다. 첫째 조의 웅은 5년 전 마지막으로 보았고, 민과는 스무 살의 졸업식에서 최후의 대화를 나눴다. 반면 둘째 조에서 귀를 긁는 선배와는 며칠 전에도 밥을 먹었고, 셋째 조의 조나 경 씨와도 비교적 근래에 얼굴을 보았으며……

뭐 해? 집중해.

항아가 나를 붙잡고 흔든다.

연습을 관찰해야지 누가 가장 좋은 배우인지 알 수 있을 거 아냐. 앞을 제대로 봐.

그리하여 나는 온몸을 쏟아내듯 기울인 채 배우들

천사들(가제)

을 보지만 그들이 무얼 하는가는 끝내 알아내지 못한다. 다들 팔다리를 허우적대거나 나지막하게 웅얼거릴 뿐이다. 그렇다 해도 연습 시간은 금세 지나가고, 곧 시계 종이 열한 번 울린다. 항아 또한 빨간 종을 흔든다. 금속 갓에 '링 포 오디션Ring for audition'이라고 적혀 있다. 배우들이 슬금슬금 모여든다.

"손님, 표 좀 보여주세요."

나는 눈을 뜬다. 바로 앞에 검표원이 있다. 늙은 남자다. 뺨이 창백하고 제복은 검다. 눈 아래 우둘투둘한 기미 탓에 병든 닭처럼 보인다. 나는 휴대폰을 켜고 표를 보여준다. 검표원이 고개를 모로 기울이며 말한다.

"잘못 앉아 계시네요."

"제가요?"

"네. 맞은편 자리로 가서야 해요."

"몰랐어요. 죄송합니다."

검표원이 괜찮다는 듯 고개를 젓는다. 나는 가방을 껴안은 채 맞은편 자리로 간다. 이 자리 또한 창가다. 여전히 창밖은 어둡고 풍경은 거꾸로 흐른다. 창틀에서 온풍과 냉풍이 번갈아 솟구친다. 한쪽으로만 기대어 자서 목도 옆구리도 뻐근했는데 잘되었구나. 나는 다시금 창문에 머리를 기댄다. 이번에도 꿈이 이어지게 해달라 기도하고 눈 감는다. 무궁화호에 신이라도 탄 것인지, 기도는 잘 먹힌다.

나와 항아는 단상 뒤에 나란히 서 있다. 우리 앞으로 펼쳐진, 기둥들 사이 널찍한 공간이 무대가 될 것이다. 첫번째 조가 먼저 무대에 오른다. 다른 이들은 기둥 뒤에 서서 그들이 즉흥극을 준비하는 모습을 바라본다. 즉흥극을 준비한다는 말에 어폐가 있나? 그럼 불러오고 있노라고 치자.

항아가 내 손목을 잡는다. 차갑고 축축하다. 긴장했어? 내가 질문하자 항아는 고개를 끄덕이고서 답한다. 오디션 여는 것도 누굴 심사하는 것도 처음이잖아. 나는 손목을 한 바퀴 돌려 항아의 손을 마주 잡는다. 그 순간 무엇인가 내 목덜미를 스치고 지나간다. 따뜻하고 가벼운 데다 아주 부드럽다. 곧장 돌아보지만 뒤에는 누구도 무엇도 없다. 뒷덜미를 주무르며 사방을 둘러본다. 내 옆에는 항아, 앞으로는 배우들, 뒤로는 여전히 어디로 향하는지 알 수 없이 어두운 통로뿐이다.

첫째 조의 배우는 웅과 민, 목 이모님이다. 웅이 여자, 민이 남자, 목 이모님이 천사 역할이라고 한다. 여배우가 남자 역, 남배우가 여자 역을 맡았네요, 이유가 있나요? 내가 묻자 배우들이 어깨를 으쓱인다. 시대착오적인 질문을 던진다는 듯 슬그머니 경멸 섞인 눈길

　　　　　　　　　　천사들(가제)

을 보내기도 한다. 나는 입을 다물고 몸을 움츠린다. 항아가 이죽대며 웃는다.

세 사람이 무대를 돌아다니며 시작 위치를 잡는다. 이때다 싶어서 얼른 그들의 얼굴을 살핀다. 모두 기억 속 모습 그대로다. 맨 앞에 선 웅은 여전히 서퍼처럼 까무잡잡하다. 곱슬머리도 앙다문 입매도 전과 똑같다. 오래전 항아는 바로 그 입매에 고집이 잔뜩 엉겨 있는 것 같다며 웅을 흉봤다. 사실상 칭찬에 가까운 흉이었다. 항아는 매일 웅과 싸우면서도 온갖 처음을 함께했다. 커플 링, 키스, 1박 2일 여행, 실내외를 오가던 욕설과 포옹, 망한 섹스와 비교적 성공적이던 기념일 이벤트…… 내 기억에 따르면 웅은 항아의 첫 '뮤즈'이기도 했다. 웅은 그 단어를 지독히 싫어했는데, 그러면서도 항아가 가자는 곳은 어디든 따라다녔다. 그들은 겨울철 문 닫은 야외 수영장 부지나 20세기에 명을 다한 폐교들, 주말 한정 운영되는 열차로만 갈 수 있던 서해의 섬들을 부지런히 쏘다녔다. 항아는 그 탐방을 '로케 헌팅'이라 불렀으나 내가 보기에 그것은 그저 철저히 항아 취향에 맞춰진 데이트였다. 항아의 사진첩 속 웅은 각종 폐허에 앉아 웃고 있었다. 제 고집을 철저히 꺾은 상대를 만났음에 기뻐하는 미소처럼 보였다.

웅보다 몇 발짝 뒤에 선 목 이모님은 등산 가방에서 플라스틱 날개를 꺼내고 있다. 철사로 된 끈에 절반씩 자른 페트병들을 매달아 만든 날개다. 나는 목을 빼고 가방 안쪽을 힐끗거린다. 본래 저 안에는 날개 대신 구형 태블릿이 들어 있었다. 목 이모님은 주말마다 기숙사 복도 끝, 벙커처럼 숨겨진 직원 휴게실에 앉아 태블릿 화면을 들여다보았다. 어느 날 소품으로 쓸 청소 도구들을 빌리러 직원 휴게실을 찾아갔던 항아는 그 순간을 목격한 뒤 내게 말했다. 주말 낮에 청소하는 이모님 진짜 시네필이더라. 쉴 때마다 흑백영화를 본대. 신기하지? 그러다 갑자기 무언가 깨달은 듯 말했다. 나 방금 별로였어? 이후 항아는 그 사실을 표백하려는 듯 자주 이모님을 만나러 갔다. 나도 종종 동행했다. 모름지기 영화를 만드는 사람이라면 각종 계급과 연령대의 사람들을 두루 경험해야 한다는 시나리오 입문서의 문구 때문이었다. 목 이모님이 악취로 뒤덮인 우리 의도를 간파했는지는 여전히 모른다. 소독약 냄새에 잠긴 방 안에서 이모님이 추천해준 영화들만이 떠오를 뿐이다. 목소리가 아예 없거나 흑백으로 점철된 영화들이었다. 목 이모님은 본인이 옛 영화들만 좋아하는 게 아니라고, 좋은 영화들이 오래 남아 옛것이 되었을 뿐이라고 말했다. 두 사람도 그런 거 만들어. 이모

천사들(가제)

님은 종종 덕담처럼 말했다. 오래가는 거 말이야. 너희
가 죽은 후에도 길이길이 남는 거.

목 이모님의 플라스틱 날개는 계속하여 어깨에서
미끄러진다. 민이 다가와 이모님을 돕는다. 병들이 잇
따라 부딪히며 텅텅 소리를 낸다. 민은 제 몸의 절반만
한 날개를 고정하고자 낑낑댄다. 예전부터 나와 항아
가 흠모하던 뿔테 안경이 병들에 부딪혀 달그락거린
다. 처음 우리가 영화부에 들어간 날 민은 저 뿔테 안
경을 근사하게 추켜올리며 말했다. 무지개색 아이콘
보이니. 이게 파이널 컷 프로야. 그는 프로그램을 열고
서 화면 아래 흩뿌려진 사각형들을 움직이며 설명을
이어갔다. 얘네를 슉슉 잘라 붙이면 영화가 되는 거야.
그날 민이 슉슉 알려준 컷 편집 방법을 우리는 오래도
록 요긴하게 써먹었다. 바로 두 달 뒤에는 슉슉 만들어
낸 6분짜리 단편을 학교 축제에서 상영했다가 각종 비
웃음 속에서 대차게 말아먹기도 했다.

날개에서 페트병 몇 개가 떨어져 내린다. 나는 참지
못하고 벌떡 일어선다. 부산에 다다르기 전에는 오디
션을 끝내야만 한다. 항아와 배우들이 나를 빤히 지켜
본다. 나는 단상 앞까지 굴러온 페트병들을 주운 뒤 목
이모님에게로 간다. 그의 등 뒤에 슉슉 병들을 붙인다.
어깨끈을 위아래로 당겨 더욱 팽팽하게 조인다. 있잖

아. 날개 뒤에서 이모님이 속삭인다. 뭐 좀 물어도 되니? 나는 병들의 위치를 조정하며 답한다. 그러세요. 이모님이 더 작은 소리로 묻는다.

내가 말이야, 저 친구들이 헤어지지 않게 자꾸 말을 걸면 되는 것 맞지?

네. 어차피 듣지도 보지도 못하겠지만요.

응. 그래도 난 굴하지 않고 계속 애써야 하는 거잖아. 그렇지?

날개는 이제 제대로 어깨에 붙박여 있다. 나는 뒤로 물러서며 말한다. 예, 그런 역할이라 볼 수 있죠. 이모님이 어깨를 흔들자 기름기 밴 무지개색 날개가 덜컥거린다. 돌아선 이모님이 나와 눈을 맞춘다. 너무 자랑스럽네. 그가 말한다. 그냥 너무 멋있어. 둘이 정말 이렇게 진짜 영화도 찍고…… 이번에는 대답하는 대신 히죽 웃는다. 이것이 오래 남음 직한 영화인지 묻고 싶으나 그런 질문은 아무래도 연출 권력을 남용하는 짓 같아 말없이 단성으로 돌아간다. 이모님은 무대 한가운데에 선다. 세 사람이 앞을 보고서 인사한다. 첫번째 극이 시작된다.

여자와 남자가 나란히 선다. 손을 잡는다. 걸음의 속도를 바꿔가며 홀을 돈다. 창문 앞 벤치를 밟고 넘어간다. 기둥을 붙들고서 한 바퀴 돈다. 허리를 숙인 뒤 손 그늘을 만들어 이마에 댄다. 그들은 보이지 않는 강변에 있다. 징검다리를 건너고, 기슭의 버드나무를 붙잡아 돌고, 오리들을 구경한다. 빈 병 날개를 단 천사가 그들의 뒤를 따른다. 아직은 딱히 어떤 몸짓도 보이지 않는다.

어느 순간 연인이 멈춘다. 홀 정중앙, 유리 돔이 투과시킨 빛이 둥글게 고인 자리다. 남자가 먼저 앉고 여자가 그 옆에 선다. 곱슬머리 여자가 묻는다. 왜 그래? 근사한 뿔테 안경을 쓴 남자가 답한다. 좀 쉬자, 피곤해. 몇 차례 호흡 후 남자는 다시 말한다.

나 정말 피곤해.

나는 옆을 본다. 항아는 무대를 향해 목을 길게 빼고 있다. 분명 나와 같은 순간을 떠올리고 있을 테다. 우리에게 편집을 가르쳐준 날, 민은 하나의 컷을 강조하고 싶다면 몇 차례 반복해보라고 말했다. 반년 뒤 민은 그 말을 증명하려는 듯 몇 번이나 같은 말을 거듭했다. 나 너희가 피곤해. 정말 피곤해. 너흰 꼭 쌍둥이 같아. 둘 다 서로밖에 몰라. 좋은 뜻 아니야. 아이디어도 별로고 촬영이나 편집도 엉망이면서, 상대 얘기만 빨아주느라 정신이 없어. 그는 안경을 벗고서 눈가를 훔쳤다. 이건 우리 영화가 아니야. 너희 영화에 내가 낀 거지. 그걸 신경 쓰는 것도 이젠 너무 피곤해…… 그러나 지금 홀에서 안경을 벗고 눈을 비비는 남자는 민이 아니다. 그 옆에 선 여자가 웅이 아닌 것처럼.

해변에서 온 듯 가무잡잡하고 다부진 여자가 쉰 목소리로 말한다. 그러니? 나도 그래. 나도 지쳐 있어. 나는 손을 내민다. 항아는 내 손을 잡는 대신 뱀처럼 쉭 소리를 낸다. 자기를 가만두라는 뜻이다. 마음이야 알겠으나 역시 패씸하다. 그날 밤 나를 부여잡고 두꺼비처럼 울던 사람이 누군데. 그날 나는 항아를 붙들고서 몇 차례나 말했다. 여기 남자 기숙사야, 나가서 얘기하자. 들키면 벌점 받아. 항아는 내 말일랑 모조리 무시한 채 한참을 꺽꺽거리고서 말했다. 이제 내가 싫다잖아. 나랑 있는 게 힘들대. 룸메이트가 들어올까 노심초사하던 내가 문을 등지고 앉자, 항아는 내 무릎을 붙들고 울기 시작했다. 처음엔 나랑 있는 게 가장 좋다더니, 이젠 나랑 있으면 지친다는 거야. 그런 게 가능해? 답을 알 리 만무했으므로 나는 항아의 등만 쓰디듬으며 중얼거렸다. 글쎄다, 모르겠다.

마침내 천사가 움직이기 시작한다. 그가 여자와 남자의 어깨를 비집고 들어가자 빈 병들이 연인의 얼굴을 친다. 얘들아! 천사가 외친다. 너희 다시 한번 생각해. 목소리가 어찌나 우렁찬지, 나는 웃음을 참으려 허

천사들(가제)

벅지를 꼬집는다. 항아도 입술을 깨물고 있다. 천사는 우리 반응 따위에 굴하지 않고 최선을 다한다. 애들아, 제대로 떠올려봐. 너희가 거리에서 서로를 찾아낸 날 있잖니. 내가 태어난, 발명되었던 날 말이야. 그날 너 희는 어떤 새로운 문을 열었노라고 생각했잖아. 유성 영화를 많이 보지 않은 탓인지 천사의 말씨는 묘하게 어색하다. 목소리 또한 갈라져 있다. 기이하게도 그 모 든 것이 죽기 직전 발악하는 천사의 태도에 잘 달라붙 는다.

너흰 나아질 거야. 천사가 속삭인다. 같이 살 방법도 더 배울 거야. 너흰 좋은 사람들이고, 서로를 이미 좋 아해보았으니까. 연인은 반응하지 않는다. 각기 눈을 비비거나 머리카락만 헝클어뜨릴 뿐이다. 천사는 집 요하다. 그는 연인 주위를 빙글빙글 돌며 말한다. 난 기억해. 너희도 기억하지? 서로가 좋은 사람인 걸 깨 달은 나날 말이야. 그 전까지는 그런 사람을 달라고 기 도도 했잖아. 연인이 울기 시작한다. 천사가 말한 기억 들이 그들을 엄습하고 있는지도 모른다. 우는 연인을 본 천사는 우뚝 멈춰 선다. 달그락거리는 날갯짓 소리 가 멎는다.

적막 속에서 연인이 일어선다. 걷기 시작한다. 각자 다른 방향으로, 제 속도에 맞춰 홀을 돈다. 기둥 사이를 통과하거나 벽에 몸을 기대고 발끝을 세운 채 걷는다. 다리를 건너거나 나무에 기대며 물속에 발을 담그는 것이다. 연인은 차츰 서로에게서 멀어진다. 상대의 그림자조차 닿지 않을 만큼 멀찍이 거리를 두고 선다. 천사는 양쪽을 이리저리 쫓아다니다가 결국 홀 한가운데 주저앉는다. 햇빛에 얼굴이 파묻힌 탓에 표정이 잘 보이지 않는다. 무어라 말하는 중임은 알 수 있다. 나는 목 이모님의 태블릿 속에서 움직이던 배우들을 떠올린다. 자글자글한 화질로 바삐 움직이던 얼굴들은 모두 죽은 지 오래되었다. 그들의 입은 쉼 없이 움직이지만 소리는 전혀 들리지 않는다. 그러나…… 목 이모님은 말했다. 그러나 그들의 언어를 전혀 모를 때도, 움직이는 입 모양만으로도 무슨 이야기를 하는지 이해되는 순간이 있어. 그러므로 나는 천사의 입을 자세히 살핀다. 포기하면 안 돼. 천사가 말하고 있다. 왜냐하면 너희가 날 만들었잖아. 그건 우리 모두에게 모진 짓이었어. 플라스틱 날개를 난 천사는 밀하고 있다.

그러니까 날 포기하면 안 돼. 나를 책임져야만 해.

즉흥극이 끝난 후 세 사람은 다시 한 줄로 서서 고개를 숙인다. 우리는 손뼉을 친다.

오줌이 마려워 잠에서 깬다. 변기 물을 내리고 열차

의 현 위치를 확인한다. 추풍령을 지나고 있다. 부산까지진 아직 멀다. 자리로 돌아오면서 방금 전까지 내가 앉았던 좌석을 확인한다. 젊은 여자가 앉아 있다. 좀 전의 나처럼 차창에 기대어 눈을 감고 있다. 꿈이라도 꾸는지 아랫입술이 실룩인다. 나는 그 맞은편에 앉는다. 이제 불안하지 않다. 잠들면 다시 그곳에 갈 것이다. 오디션도 더 지켜볼 수 있다. 믿음의 근거라고는 전혀 없는데도 그런 확신이 든다.

과연 눈을 감고 얼마 지나지 않아 오디션장이 내 앞에 나타난다. 항아가 종을 흔든다. 링 포 오디션, 링 포 오디션. 두번째 조가 무대에 오른다. 황 쌤과 선배, 선이 있는 조다. 황 쌤이 남자, 선이 여자, 선배가 천사 역을 맡겠노라고 한다. 항아의 눈길이 느껴진다. 항아가 웅을 볼 때처럼 나도 선을 보고 있을까? 아니길 바라며 배를 누른다. 꿈속인데도 속이 울렁인다.

두번째 조 사람들은 극이 시작한 바로 그 순간, 한꺼번에 앉는다. 떠들기 시작한다. 정확히 말하자면 말다툼을 벌인다. 전 애인과 고등학교 담임이 바싹 다가앉은 채 벌이는 사랑싸움이라니. 그나마 황 쌤이 나를 가르치던 시절의 모습 그대로 등장한 덕에 아주 어색하진 않다. 사실 황 쌤은 지금의 선과 거의 동갑내기로 보인다. 제법 잘 어울리기까지 한다. 옆에서 항아가 정확히 같은 말을 중얼거려 나는 못 들은 체한다. 그저 선을 본다. 선만은 내가 기억하던 모습으로부터 슬며시 달라져 있다. 뺨이 야위고 머리는 좀 길었다. 마지막으로 봤을 적보다는 처음 만났을 때 모습에 더욱 가까워 보인다.

항아가 내게 시나리오를 처음 보여준 날, 우리는 동네 호프집에 갔다. 맥주를 석 잔째 시켰을 무렵 항아가 말했다. 사실 이 시나리오 너랑 선이 보고 쓴 거야. 나는 맥주 거품이 터지는 모습을 보다가 말했다. 레퍼런스 없다며. 맥주 속 항아가 나와 눈을 맞추고 말했다. 레퍼런스 아니야. 그냥 너희가 헤어지는 걸 보다가 이걸 써야겠다구 마음먹은 거야. 나는 맥주를 절반쯤 들이켜고서 말했다. 네 애인도 모자라 내 애인까지 이용해먹냐. 항아는 내가 남긴 맥주를 다시 들이켜더니 느리게 이야기했다. 이용한 거 아니야, 정말이야. 그냥 할 수 있는 게 뭘까 생각했어. 내가 너희한테 도대체 뭘 해줄 수 있을까 하다 보니……

아파!

무대 위 남자가 소리친다. 여자가 그의 팔꿈치를 꼬집고 있다. 남자가 여자의 무릎 살을 잡아 비튼다. 양쪽 다 입으로는 서로의 실수를 나열한다. 말하는 속도가 어찌나 빠른지 테니스 시합을 보는 것 같다. 밥먹다

싸우면꼭먼저자리를떠서나를혼자식사하게만든점 술
마실때마다연락이뚝끊기는점 내가난생처음털어놓은
유년기의상처에대해내탓부터먼저한점 평소네말투와
반응추잡한습관과거짓말의이력…… 쥐색 야상을 입
은 천사가 다가와 둘 곁에 앉는다. 연인의 얼굴 사이에
손을 넣고 흔든다. 그만. 천사가 말한다. 연인은 그만
하지 않는다. 말은 점차 빨라져 종래에는 찍찍대는 소
리처럼 들린다. 천사가 양쪽의 등을 쓰다듬는다. 나와
항아가 논쟁할 때 선배가 종종 하던 동작이다. 연인 또
한 우리와 마찬가지로 그 동작 하나에 싸움을 멈추진
않는다. 당장의 승기는 남자 쪽에 있다. 말솜씨가 더
유려한 덕이다. 과연 국어 선생님답다.

우리의 6분짜리 첫 실패작을 본 날에도 그는 저토록
빠르고 정확한 발음으로 이야기했다. 솔직히 말할게?
이거는 엉성한 영화야. 촬영이 서툴고 편집 리듬도 어
긋나. 당연하지. 너흰 열여덟 살이고, 이건 첫 작품이
니까. 내가 정말 말하고 싶은 건 이 작품에 뭔가가 있
다는 거야. 그는 나와 항아, 민의 축축하고 부은 얼굴
을 번갈아 보다 웃었다. 진짜야. 이 영화에는 뭔가 있
어. 뭘까? 가능성이려나. 혹은 앞으로 너희가 경험할
것들, 미래라고 불러도 좋고……

작작 좀 해.

천사가 다시 말한다. 물론 연인은 듣지 못한다. 천사도 그걸 깨달았는지 곧 움직이기 시작한다. 깡마른 천사의 손이 연인의 팔다리를 붙든다. 천사는 두 사람의 몸을 조각하듯 이리저리 움직여본다. 여자의 양발을 남자의 무릎에 걸쳐두고, 남자의 양손을 여자의 두 팔 위에 얹어본다. 분필 자국이 남은 손끝이 상대 어깨의 흉터에 닿는다. 내가 잘 아는 흉터다. 소지 손톱만 한 길이에 질감이 오돌토돌하며 가운데 부분은 살짝 파인 것. 나는 일어서려다 도로 앉는다. 항아가 내 등을 쓰다듬는다.

아까보다 더 가깝게 앉은 연인은 여전히 새된 목소리로 떠들고 있다. 동시에 남자는 여자의 팔을 위아래로 쓰다듬으며, 여자는 남자의 무릎에 올린 양발을 들썩인다. 접촉의 모양과 달리 말들의 질감은 꾸준히 험악하다. 이제 여자는 남자의 말을 끊기 시작한다. 그것은 선의 특기다. 대화가 엉키면 말들의 틈새에 가위를 집어넣어 한 갈래씩 자르는 것이다.

그래서 뭐 하자는 거야?

여자가 부드럽게 말한다.

네가 말한 것들을 나는 요구한 기억이 없어. 네 선택들을 왜 나더러 보상하란 거야.

남자는 과거의 나처럼 흥분한다. 그가 붉으락푸르

락한 얼굴로 떠든다. 보상하라 말한 게 아냐. 그냥 내가 애썼다는 걸, 참았다는 걸 알아달라고 말하는 거야. 남자의 두 손이 여자의 양팔을 우그러잡는다. 여자가 구겨진 얼굴로 말한다. 그럼 왜 애쓴 순간에, 참은 순간에 말하지 않았어. 여자가 무릎을 편다. 남자의 몸이 여자의 다리 사이에 갇힌다. 네가 대화를 포기하고 이제 와 나를 쌍년으로 만드는 거잖아. 나는 몸을 부르르 떤다. 여자가 꺼내는 단어와 억양 모두가 선의 손목이나 허벅지만큼 익숙하다. 천사 또한 그 모든 말에 인이 박인 모양이다. 그는 머리를 좌우로 젓더니, 무릎을 꿇고 앉아 연인의 뒤통수를 잡는다. 움켜쥔 머리를 상대 쪽으로 붙인다.

뽀뽀해. 천사가 말한다.

그러고 풀면 돼. 간단하잖아.

물론 연인은 뽀뽀하지 않는다. 코끝이 맞닿긴 한다. 눈도 똑바로 상대를 본다. 입술만은 끝내 닿지 않는다. 그곳은 천사의 권한 바깥에 있는 듯싶다. 서로 직시한 채 코를 붙인 두 사람은 교실 뒤편에서 시비가 붙은 애들처럼 보인다. 일을 못하는 천사구나. 항아가 중얼거린다. 놀리는 것이 아니고, 안타까움에 하는 말인 것 같다.

여자가 말한다. 나를 그만 미워해. 나도 요새는 너만

큼 내가 싫어. 남자가 입을 벌린다. 뒤로 느리게 물러
선다. 낯선 사람을 마주하듯 여자를 본다. 천사는 양쪽
을 번갈아 살피더니 품속에서 담배를 꺼낸다. 불을 붙
이기 전, 천사가 연인들에게로 몸을 숙인다. 거슬거슬
한 입술이 두 이마 가까이에 간다. 쪽 소리가 두 번, 번
갈아 울린다. 이윽고 천사가 뒤로 드러눕는다. 한숨 소
리가 들린다. 천사의 머리가 놓인 자리에서 연기가 피
어오른다. 도넛 모양의 링이다.

  무궁화호는 김천과 구미를 지나고 사곡을 넘어 약
목과 신동 그리고 대구에 잠시 멈췄다가 동대구로 향
한다. 그사이 나는 몇 번 더 깨어난다. 엉덩이가 뻐근
해서, 배가 고파서, 뒷자리 애가 우렁차게 울어서. 깰
때마다 자세를 고친 뒤 주위를 둘러본다. 옆에 항아가
있나? 항아가 없다. 그 사실이 낯설다. 아무리 생각해
도 꿈 쪽이 더 현실에 가깝게 느껴진다. 맞은편에서 잠
든 여자야말로 꿈속의 인물 같다. 나는 목을 양쪽으로
한 번씩 꺾은 뒤 다시금 창에 이마를 댄다. 집으로 향
하듯 꿈속으로 돌아간다. 어느덧 더 높아진 듯한 반구
형 천장과 불 꺼진 전광판, 배우들이 여기저기 흩어져
앉은 홀, 옆자리에는 항아. 무궁화호보다는 이 홀 안의
풍경이 훨씬 선명하다. 꿈은 나를 단단히 붙잡아둔 듯

천사들(가제)

하다. 어쩌면 나를 가둬놓은 것도 같다.

세번째 조가 무대에 올라온다. 항아의 말에 따르면 '유력 후보' 조다. 석 씨와 경 씨가 속해 있기 때문이다. 반면 천사 역을 맡은 조가 이 조의 유력함을 슬그머니 흐트러뜨린다. 그가 다려 입은 흰 정장은 너무 빳빳해 우스꽝스럽다. 근데 귀여워. 항아가 속삭인다. 나도 고개를 끄덕인다.

세번째 조의 연인이 엎드려 눕는다. 배를 바닥에 붙인 채 팔다리를 들어 올린다. 항아와 내가 아주 잠시 요가를 다니던 시절 배운 자세다. 우리 둘은 늘 몇 분 만에 헐떡이며 팔다리를 떨어뜨렸는데, 무대 위 연인에게는 어떤 고초의 기운도 없다. 심지어 어깨를 위아래로 느리게 흔들기도 한다. 공중에 들린 정강이도 상하로 움직인다. 무언가 깨달은 내가 항아에게 말한다.

저 둘, 헤엄치고 있다.

응. 자유형인 것 같아.

조는 맥주병이었던 걸로 기억하는데…… 오늘만은 천사니까 괜찮은 걸까. 우리는 옆쪽을 본다. 흰 정장 차림의 천사가 연인 옆에서 종종걸음 치고 있다. 천사니까 물 위를 걷는 일은 아무렇지도 않은 모양이다. 표정도 평소와 달리 아주 진중하다.

헤엄치던 연인은 언젠가부터 서서히 떠오르고 있

다. 바닥으로부터 10센티미터, 20센티미터, 종래에는 팔을 돌려도 손끝이 바닥에 닿지 않을 만큼 높이 떠오른다. 천장에 실이라도 매달아둔 건가. 눈썹을 찌푸리고 유심히 살펴본다. 연인의 몸에는 어떤 장치도 달려 있지 않다. 그냥 받아들이자, 나는 생각한다. 스물여덟의 황 쌤과 스물여섯의 선이 함께 있고, 민이 직접 우리를 만나러 오며, 웅과 항아가 반경 5미터 내에서도 고요히 앉은 세상이다. 사람이 허공에 떠오르는 일쯤이야 기이한 축에도 들지 않는다.

공중에서도 연인은 최선을 다해 헤엄친다. 남자 쪽이 좀더 빠르다. 긴 팔다리 덕일 테다. 물이 없는 자리에서도 영법에 골몰한 얼굴을 보니 배우는 배우로구나 싶다. 항아 또한 아주 열중하여 남자를 본다. 대학로 연극에서 석 씨를 처음 발견한 날 항아는 내게 전화를 걸고서 헐떡이며 말했다. 어떻게든 같이 작업하고 싶어. 나중에는 무작정 무대 뒤로 찾아가 물었더랬다. 독립영화에는 관심 없으세요? 지원 사업에서 떨어지기는 했는데요. 석 씨는 항아의 시놉시스를 읽은 후 자신의 명함을 넘겨주었다. 항아는 명함을 이마에 붙이고 내 집 앞으로 찾아와 말했다. 이번 영화는 뭔가가 될 거야. 확신이 들어. 뭔가가 느껴져.

경 씨를 만난 날 비로소 나는 항아의 마음을 이해할

　　　　　　　　　　　　천사들(가제)

수 있었다. 지방 영화제의 축하 공연에서 노래하던 경씨는 체구가 쥐방울만 했으며 목청은 우람했다. 그의 영상을 항아에게 보여주며 말했다. 이 사람한테 우리 포트폴리오 좀 보내자. 망설이는 항아를 계속 설득했다. 나도 지난 영화들 보여주기가 쪽팔리긴 한데, 이번에 쓴 네 시나리오랑 같이 보내면 괜찮을 것 같아. 왜냐하면, 항아야, 나 이번 네 시나리오가 참 좋거든. 처음 나와 선이를 보고 썼다고 말했을 땐 화가 났는데 막상 읽으니 마음이 싹 녹아내릴 정도였어. 석 씨도 그걸 느낀 거잖아. 이 시나리오는 우리 필살기야. 통할 거야.

물론 그 필살기를 만든 원천에는 조가 있었다. 지금 보이지 않는 물 위를 걷는 사람, 아니지, 천사. 그는 느릿느릿 연인을 따라가며 두 사람의 얼굴을 굽어본다. 환절기라서인지 천사의 얼굴 곳곳은 긁은 자국들로 벌겋게 부어올라 있다. 연인을 살피는 눈은 우리를 처음 만났을 적처럼 온화하다. 그날 조는 뺨을 벅벅 긁으며 사인을 요청했다. 우리 필살기가 생기기 약 반년 전의 일이었다. 조는 그해 처음 만들어진 독립영화제의 몇 없는 스태프 중 하나였고 나와 항아는 응모작이 적은 관계로 상영 기회를 얻은 행운의, 아니지, 불운의 창작자들이었다. 우리 영화가 속한 섹션과 질문 없는 GV가 모두 끝난 뒤 나와 항아는 극장 뒷골목으로 갔다. 담배를 줄줄이 피우며 서로의 발등이나 흘끔거렸다. 누구도 말하지 않았으나 둘 다 알고 있었다. 이번 영화도 졸작이다. 어쩌면 처음 만들어낸 6분짜리 영화보다 이번에 겨우 상영한 16분짜리 영화가 더 형편없을지도 모른다. 이 영화에는 어떠한 가능성도 미래도 없어 보이기 때문이다. 우린 이미 우리 미래를 다 소진한 건지도 몰라. 앞으로 만들 수 있는 건 미래를 모두 쓴 바닥에서 손톱으로 긁어낸 석회 가루뿐일지도 모른다. 그럼에도 이걸 계속해야 하나? 정말 관두는 게 낫지 않을까? 우리 중 하나가 용기를 내어 그 질문을 하고자 입을 연 순간, 조가 다가왔다. 그는 우리 손을 붙들고 말했다.

사인 좀 해주세요.

우리가 멍청한 얼굴로 그가 건넨 팸플릿에 사인하는 사이, 조는 롤링 타바코 종이에 담뱃잎을 넣어 말며 조잘거렸다. 팬 됐어요. 차기작은 언제 나와요? 지금 우리를 놀리는 거냐고 질문할 새도 없었다. 조는 말이 빠르고도 많았다. 그는 우리 영화가 자신을 어떻게 낚아챘는지 쉬지 않고 지껄였다. 그 지껄임 속에 분명 일말의 진실이 있었다. 우리가 몇 달 내내 그 영화를 쓰고 찍고 편집하면서도 전혀 알지 못했던 어떤 미덕, 혹

　　　　　　　　천사들(가제)

은 우리가 몰랐기에 만들어낼 수 있던 어떤 반짝임이 조의 입에서 흘러나왔다. 나와 항아의 눈이 마주쳤다. 잠시 후 항아가 말했다.

차기작 곧 나와요. 지금 시나리오 쓰고 있어요.

조는 자신이 만 담배를 뇌물처럼 건네며 말했다. 차기작 찍을 때 꼭 불러줘요. 곧이어 엑스트라건 슬레이터건 시켜달라고, 본인은 아주 성실하다는 말도 덧붙였다.

연인은 헤엄치다가도 종종 물결에 휩쓸린다. 그때마다 천사도 휘청인다. 매번 함께 흔들리다니 성실한 천사로구나. 나도 항아도 그 사실을 느낀다. 천사와 연인 모두 강물이 흐르는 방향과 반대로 움직인다. 연인의 삐걱거리는 움직임으로도 그 사실을 짐작할 수 있다. 그들은 물에 반발한다. 팔다리를 더욱 빠르게 돌리고, 어깨며 등줄기에는 빽빽하게 힘을 준다. 간혹 상대를 붙잡고 몸을 수직으로 세운다. 공중에 꼿꼿이 일어난 채 둥실 떠올랐다가 다시 엎드린 자세로 돌아간다. 파도를 함께 넘어간 모양이다. 비슷한 몸짓이 몇 번이고 이어진다. 언제부터인가 연인은 헐떡대기 시작한다. 몰아치는 유속이 힘겨운지 남자가 눈을 비빈다. 여자는 몇 차례 물을 토해낸다. 그들은 조금씩, 그러나 꾸준히 느려진다. 천사만이 본래의 속도대로 움직인다. 그는 연인 곁으로 간다. 두 사람을 붙잡는다. 천사가 여자를 뒤집어 눕힌다. 콜록대던 여자가 천장을 보며 떠오른다. 남자 또한 같은 자세로 뒤집힌다. 한 번씩 뒤엎어진 연인은 이제 물 위에 반듯이 누운 채 떠내려간다. 머리카락과 옷자락이 물속에서 일렁인다. 몸뚱이는 물살을 따라 위아래로 출렁이고 앞뒤로 움직댄다.

나는 몸을 옆으로 돌린다. 항아야. 그렇게 부르면 항아가 나를 본다. 얼마 전 귀밑까지 자른 머리가 찰랑거린다. 겨울마다 그렇듯 입술이 희게 갈라져 있다. 내가 말한다.

그냥 불러봤어.

무대에서는 여전히 보이지 않는 강이 움직인다. 연인을 데리고 흘러간다. 그들은 물의 박동에 따라 차츰 땅쪽으로 내려간다. 여자의 뒤통수와 남자의 발뒤꿈치가 대리석 바닥에 닿은 순간, 오디션장의 모두는 연인이 강기슭에 다다랐음을 깨닫는다. 천사가 그들 옆에 주저앉는다. 막 태어난 사람을 다루듯 조심스레 연인을 만진다. 둘의 머리카락을 귀 뒤로 넘기고, 젖은 옷의 주름을 반듯이 펼친다. 그사이 연인은 느리게 숨을 쉰다. 오랜 시간 발성 훈련을 거듭한 남자의 배와,

긴 시간 복식호흡을 연마한 여자의 흉통이 들썩거린
다. 천사가 여태 보송한 재킷을 벗어 연인의 몸을 덮는
다. 본인이 낳은 이들을 보는 양 골몰한 얼굴로.

그때 다시 무엇인가 나를 스치고 지나간다. 이번에
는 뺨 쪽이다. 미지근한 물방울, 혹은 습기를 머금은
바람 같다. 제대로 신경을 기울이지 않으면 꿈의 기억
처럼 흩어질 성싶다. 사방을 둘러보지만 여전히 안에
는 항아와 배우들뿐이다. 왜 그래? 항아가 물어 나는
고개를 젓는다. 항아가 짜증을 낸다. 아까도 이상하게
굴었지, 너. 왜 그러는데. 나는 강조하고자 반복한다.
아니, 아니야. 아무것도 아니야. 항아가 허리를 굽히고
서 속삭이듯 묻는다. 말해봐, 소리 때문에 그래? 과연
유리 돔 너머에서 누군가 말하고 있다. 우리 열차는 잠
시 후 마지막 역인 부산역에 도착합니다. 내리실 분은
미리 준비하시기 바랍니다.

발밑을 빠르게 지나가던 땅이 서서히 멈추는 게 느
껴진다. 입안이 바짝 마른다. 안 돼. 나는 속삭인다. 지
금은 깨어나면 안 돼. 시간이 필요하다. 오디션이 거의
끝나가는데, 적어도 누굴 뽑을지는 항아와 상의해야
한다. 나는 숨을 들이마신다. 복부를 단단하게 부풀리
고 눈썹을 일직선으로 만든다. 꿈속의 신체에 단단히
힘을 줘야 한다. 앞뒤에서 짐을 빼내려고 덜커덩거리

는 사람들이나 이마 부근에서 조금씩 엷어지는 창가의 흔들림일랑 외면하려 애쓴다.

따라서 나는 아직 역 안에 있다. 항아와 배우들, 그리고 깃털이나 홀씨 혹은 실바람 같은 것으로 나를 툭툭 치는 누군가 숨어 있는 오디션장에 있다. 즉흥극을 마친 배우들이 홀 사방으로 흩어진다. 기둥 사이사이에 앉아 저들끼리 돗자리를 펼치고 커피와 차를 나눠 마신다. 웅과 민이, 선배와 황 쌤이, 목 이모님과 경 씨가 모두 한자리에 있다. 항아와 나는 캠핑 의자로 돌아간다. 항아가 탁자 위 유리잔에 사이다를 따른다. 잔과 함께 건넨 공책에는 새까만 글씨들이 빽빽이 적혀 있다. 항아가 오디션을 보며 기록한 것이라고 한다. 나는 배우들의 이름 옆마다 가득 그려진 별표를 가리키며 묻는다. 이게 뭐야? 항아가 웃는다.

그게 있잖아, 사실 정말 곤란해.

뭐가 곤란해?

진짜로 다들 마음에 들어서, 셋만 뽑기 싫어. 모두 각자의 매력이 있잖아.

그럼 뭐 해. 영화에 필요한 건 셋뿐인데. 제일 잘한 사람을 뽑아.

그게 곤란하다니까. 다 좋아. 잘한 걸 떠나서 다 좋다고. 각각 다르게 맘에 들어.

항아가 사이다를 마시며 홀을 둘러본다. 배우들은 이제 도시락까지 꺼내어 먹고 있다. 쌀밥과 부침개, 깍두기 냄새가 맴돈다. 명절 같네. 항아가 말한다. 프로답게 굴라는 말이 혀끝까지 올라온다. 천지 어느 감독이 오디션장에 모인 배우들을 보면서 명절 얘기나 운운하는가. 그것은 사려가 아닌 무책임이다. 그러나 말은 입 밖으로 나오지 않는다. 보이지도 들리지도 않는 손이 내 입술 위아래를 꽉 잡은 듯하다. 내가 낑낑거리는 사이 항아가 말한다.

모두 다 캐스팅하면 어때? 한 역할을 세 사람이 맡는 거야. 실험적으로 가보자. 나쁘지 않을 거야.

적당히 해. 나는 간신히 입을 열고 소리친다. 셋밖에 안 나오는 단편영화에 어떻게 모두를 캐스팅한다는 거야. 배우들이 우리 쪽을 본다. 항아는 꿋꿋이 말한다. 들어봐, 숏이 바뀔 때마다 배우를 바꾸면 돼. 그러나 역할은 그대로. 얼굴이 바뀔 뿐이지 여전히 그 여자, 그 남자, 그 천사라는 약속만 있으면 되잖아. 모두에게 인물들의 기억을 나눠 주고 같은 역할을 연기한다는 사실만 환기시켜주자. 우리가 잘 디렉팅하면 되지.

오디션장을 감싼 빛이 얼룩지기 시작한다. 천장을 본다. 철골과 유리로 지어진 건물이 지붕 너머로 지나가고 있다. 건물 상단에 박힌 세 글자가 희게 반짝인다. 부산역. 안내 방송이 울린다. 우리 열차는 잠시 후 마지막 역인 부산, 부산역에 도착합니다. 좌석 아래와 머리 위 선반을 잘 확인해주시고, 잊으신 물건이 없도록…… 나는 양쪽 귀를 탁탁 두드려 소리를 내쫓는다. 항아가 하던 말을 멈추고 묻는다. 너 괜찮아? 홀 어디에선가 쩍 갈라지는 소리가 난다. 부산역 글자가 내뿜는 빛에 닿은 기둥마다 금이 간다. 바닥에 골이 파인다. 항아가 내게 다가온다. 소맷자락을 늘여 잡고 내 얼굴을 닦는다.

괜찮냐니까. 말을 좀 해봐.

배우들이 무너지는 기둥을 피해 모퉁이로 모인다. 여전히 우리를 보고 있다. 역할을 나눠 주길 기다리는 걸까? 그러나 결론을 내릴 수가 없다. 내 얼굴을 문지르는 항아의 손등 위로 조그만 뼈들이 불거져 있다. 내 키가 훌쩍 자랐던 고등학교 시절, 항아는 내게 꽉 쥔 주먹을 내보이고서 말했다. 이거 봐. 둘째 손가락 아래 뼈가 갈라져 있으면 아직 성장판이 열린 거래. 나도 더 클 거야. 그 후 10년이 넘는 시간이 지나는 동안, 그 뼈는 한 번도 닫히지 않았다.

나는 뒤돌아 플랫폼 쪽 통로를 본다. 한때 열차를 타는 사람들이 이용했을 길이다. 통로 안쪽은 여전히 어

천사들(가제)

둡다. 어떤 천사도 보이지 않는다. 내 뒷덜미며 뺨을
스치던 날개도 찾을 수 없다. 당연한 일이다. 천사는
본래 보이지도 들리지도 않는 존재이기 때문이다. 그
럼에도 그는 나를 보고 있다, 혹은 듣고 있다. 나는 계
속하여 숨어 있던 열번째 배우에게 묻는다. 여기서 무
슨 말을 더 해야 돼요? 답 또한 들리지 않으므로 나는
할 수 있는 것을 하기로 한다. 천사도 최선을 다해 나
를 돕는 중일 것이다.

오디션장은 이미 절반가량 깜깜해졌다. 안내 방송과
부산역의 풍경에 닿아 갈라진 틈 사이로 빛이 빨려 든
탓이다. 창문과 벤치, 기둥, 배우들의 얼굴이 어둠 속에
묻힌다. 유리 돔 아래에만 아직 소량의 빛이 고여 있
다. 나는 항아를 데리고 그곳으로 간다. 항아의 양어깨
에 손을 올리고 말한다. 들어봐. 방금 네가 얘기한 것
들은 다 말도 안 돼. 프로답게 좀 굴어. 항아가 발끈한
얼굴로 무어라 말하려 한다. 나는 얼른 말을 잇는다.

항아야, 하나의 역할에 필요한 건 한 사람뿐이야. 다
른 사람이 그걸 대신할 수는 없어.

천장과 바닥이 맞붙기 시작한다. 녹아내리는 유리
지붕 뒤편에서 검표원이 걸어온다. 항아가 나와 눈을
마주친다. 그렇지만, 하고 말한다. 꿈속에서조차 쇠고
집이다.

그렇지만 영화에서는 그런 게 가능해. 안 그래?

열차가 멈추며 몸이 앞뒤로 덜컹거린다. 그건 맞지
만…… 내가 말을 흐리자 항아가 웃는다. 나는 포기한
다. 누가 뭐래도 이 영화는 항아의 것이다. 그래, 항아
야. 네 말대로 하자. 모두 캐스팅하자. 그렇게 말하는
사이 누군가 내 팔을 붙든다. 검표원 아니면 천사일 것
이다. 나는 항아의 어깨를 놓고 말한다. 항아야. 부탁
하나만 들어줘. 항아가 말한다. 그래. 열차의 쇳소리가
섞인 목소리로 묻는다. 나 한번 안아줄래? 항아는 바
로 답한다. 그럼, 당연하지. 우리는 양팔을 뻗어 서로
의 몸을 감싼다.

부산역에 내린다. 플랫폼을 통과해 계단을 오른다.
정문으로 나가 택시를 탄다. 새벽 부산의 추위는 엷거
나 부드럽다는 말이 어울리는 정도다. 하늘 가장자리
가 부옇게 밝아오고 있다. 택시에서 내리자 병원 뒤편
으로 번지는 붉은 기운이 보인다. 일출이다.

병원 서쪽에 장례식장이 있다. 1층 ATM에 들러 돈
을 뽑는다. 봉투에 넣으며 지하로 내려간다. 부조함에
돈을 넣고 방명록에 이름을 적는다. 방명록은 이름들
로 가득하다. 앞쪽의 몇 장을 넘겨본다. 꿈속의 얼굴
들과 짝을 이루는 이름들, 꿈에 미처 나타나지 않던 이

름들, 꿈에서조차 본 적 없는 이름들이 그곳에 남아 있다. 빈소에는 항아의 가족이 있다. 모두가 오래간만에 본 얼굴들, 그리고 오랫동안 보아온 얼굴들이다. 항아는 부모님이 부산으로 귀향한 후 아주 까맣게 탔다며 몇 장의 사진을 보여주었다. 오늘 두 사람의 얼굴은 사진보다 조금 더 창백하다. 그 뒤에 선 동생이며 친척들도 마찬가지다. 혹시 이들 중 한 사람이 오디션장에 숨어 있던 천사인 건 아닐까? 의심하며 한 명 한 명 유심히 살핀다. 답은 나지 않고, 우리는 한 차례 껴안은 뒤 맞절한다. 영정을 앞두고 절하던 중 한 번 넘어진다. 항아의 남동생이 와서 나를 부축한다. 그가 나를 형하고 부른다. 나는 그가 건넨 향을 올린 후 국화를 바친다.

빈소 바깥은 식당이다. 우윳빛 비닐을 깔아둔 식탁들이 줄지어 서 있다. 이미 꽤 많은 사람이 자리에 앉아 육개장과 동그랑땡을, 쌀밥과 떡을 먹는다. 나는 구석 자리에 앉는다. 누군가 맞은편에 놓인 의자를 뺀다. 나는 고개를 든다. 선배는 거죽처럼 입던 쥐색 야상이 아닌, 검정 코트 차림이다. 내가 묻는다.

"언제 왔어요?"

"세 시간 전에 공항 떨어졌어. 너는?"

"방금 왔어요. 무궁화호 탔거든요."

"얼마나 걸리디?"

"밤새 왔죠."

선배가 유리잔을 가져온다. 나는 빈 잔에 사이다를 따른다. 내내 말랐던 입안에 탄산을 머금자 온몸의 털이 곤두선다. 혀의 감각이 온전해지길 기다린 다음 말한다.

"오는 동안 내내 잤거든요. 꿈꿨는데 형도 나왔어요. 천사 역할이었어요."

"징그러운 소릴 하네."

"선배만 나온 게 아니에요. 여럿 등장했어요. 민이라고, 우리 동창도 나오고요. 웅이도 있었고, 대학 기숙사 청소해주시던 이모님이랑 고3 담임쌤…… 사실 선이도 나왔어요. 웃지 마세요. 석 씨랑 경 씨, 조도 등장하고……"

선배가 말을 끊는다. 그들 모두 천사였느냐고 묻기에 아니라고 답한다. 그중 몇몇은 연인을, 몇몇은 천사 역할을 맡았다고, 다만 어떤 역할이든 상관없이 모두가 똑같이 중요했노라 덧붙인다. 선배는 손톱으로 탁자의 비닐을 조금씩 찢다가 묻는다.

"항아도 나왔어?"

"예, 감독 겸 작가로 나왔어요. 우리 둘이 오디션에서 심사했어요."

　　　　　　　　　　　천사들(가제)

선배가 음, 소리를 내다가 묻는다. "나는 어떤 천사였어? 날개가 달려 있었어? 머리에 고리도 있고?" 나는 사이다 잔을 내려놓는다. 그 안쪽을 가리킨다. "형, 이거 봐요." 선배가 잔을 본다. 내가 속삭인다. "날아다니고 있어요."

거품들은 계속하여 바닥에서 솟아난다. 휙 날아오른다. 물처럼 보이는 것, 물은 아닌 것, 그 안에서 부글거리며 끓어오르는 모양들을 함께 지켜본다. 반구 형태로 부풀어 오르더니 반짝이다가 터진다. 서로 엉겨붙는다. 나뉘어 떨어진다. 수면으로 올라가면 사라진다. 드물게 잔 밖으로 튀기도 한다. 밖으로 튄 방울은 손등에 스민다. 나는 반복한다.

"날아다니고 있어요."

우리는 그것을 물끄러미 들여다본다. 그 움직임으로부터 눈을 떼지 않는다. 눈을 뗄 수가 없다.

함윤이×이소

이소   2022년 여름 〈소설 보다〉에 「강가/Ganga」가 수
　　　록된 후 두번째로 함윤이 작가의 작품을 소개하
　　　게 되었습니다. 벌써 2년이 지났는데, 그동안 어
　　　떻게 지냈는지 궁금합니다. 소설 쓰기 외에도 다
　　　양한 활동을 하고 있다고 알고 있습니다.

함윤이 2년이 정말 금방 지났어요. 전 그동안 다양한 활
　　　동을 하진 않았고, 단 한 가지 활동에 매진했어
　　　요…… 직장 활동입니다. 평일엔 일하고, 퇴근
　　　후나 주말에 소설을 쓰거나 게으름을 피웠어요.
　　　이도 저도 하기 싫을 때면 집에 모든 걸 버려둔
　　　채 친구들이랑 술 마시러 갔고요. 그래도 이런저
　　　런 협업 제안이 들어오면 놀부처럼 욕심을 품고
　　　참여하긴 했답니다. 올해에는 좀더 열심히 이것
　　　저것 해보려고 해요.

이소   소설은 항아의 장례식에 참석하기 위해 기차를
　　　타고 부산으로 향하는 '나'의 여정을 그립니다.
　　　흔들리는 기차 속에서 '나'는 꿈과 현실을 오가
　　　며 얕은 잠을 자고 있습니다. 꿈에서 '나'는 항아
　　　와 함께 항아의 각본을 영화로 만들기 위한 오디
　　　션을 열고, 그 과정은 마치 한 편의 연극처럼 소

란스럽고도 아늑합니다. 온갖 역을 경유하는 무궁화호는 자꾸 '나'의 잠을 깨우고 재우기를 반복하고, '나'는 간절한 마음으로 꿈속의 오디션장과 현실의 객차 사이를 오갑니다. 차창에 종착역인 부산역의 조명이 비치자 꿈속 오디션장의 조명은 얼룩지고, 서서히 무너지는 꿈의 세계에서 항아와 마지막 인사를 하는 '나'의 팔을 붙드는 이가 검표원인지 천사인지는 알 수 없습니다.

그러고 보니 기차가 출발지와 목적지를 이어주고 꿈이 현실과 잠을 이어주듯, 영화와 소설을 만드는 일 역시 무언가를 이어주는 일이라는 생각이 듭니다. 현실과 상상을, 생활과 희망을, 보여주는 자와 보는 자를, 보기 전과 본 이후를 이어주는 덜컹대는 이음새처럼요. 물론 종착역에 도착한 후에도 기차에 남을 수는 없고, 잠에서 깨어났는데도 꿈을 꿀 수는 없겠지요. 경계의 공간에서 오랫동안 머물 수는 없을 테니까요. 그러나 아무리 이 여정의 목적지가 차가운 새벽의 장례식장이라 할지라도, '나'에게 그것만이 현실은 아닐 것입니다. 읽고 쓰는 일이 그러하듯 기차와 꿈 역시 중요한 현실일 테지요. 이렇게 소설에는 다양한 경계를 오르내리는 이미

인터뷰 함윤이×이소

지들이 가득합니다. 경계에 존재하는 아름답고
도 쓸쓸한 비非공간. 이곳을 구상하게 된 계기나
과정이 궁금합니다.

함윤이 제가 등단 후 쓴 소설 중 대다수는 기존에 쓴 글
을 퇴고하거나 아예 새로 쓴 것인데요. 「천사들
(가제)」역시 2018년인가 2019년인가에 처음 쓴
소설입니다. 물론 지금과는 많이 다른 모양이지
만요. 초고를 쓴 지 오래된 터라, 어쩌다 기차와
역을 배경 삼았는지는 명료하게 기억나지 않아
요. 다만 어릴 적부터 기차와 역이라는 공간에
대한 환상과 낭만을 품고 있긴 했어요.

　저는 스무 살 때까진 시골에 살아서 '도시'로
이동하려면 버스 아니면 기차를 타야 했어요. 기
차는 푯값도 버스보다 비싼 데다가 역도 먼 편이
라서 탈 일이 잘 없던 수단이었고, 그래서 괜히
여러 환상을 품고 있었습니다. 탑승객들을 한 번
에 파악할 수 있는 버스와 달리 기차는 승객들을
한눈에 가늠할 수 없다는 점에서 매혹적이죠. 몸
집이 (한 덩어리가 아니고) 여러 객체로 연결된
채 달린다는 점도 멋지고요. 기차역도 마찬가지
로 설레는 공간이었는데요. 하나의 물리적 플랫

폼이 여러 장소로 파생될 가능성을 품고 있다는 점이 특히 매력적이었습니다. 십대 초반에 본 픽션들의 영향도 있고요. 〈해리 포터〉 시리즈의 승강장이나 「폴라 익스프레스」 전반부 혹은 「센과 치히로의 행방불명」 후반부에서 본 기차와 역의 이미지들에 완전히 넋이 나갔거든요. 아주 좋아하는 소설 중 하나인 다와다 요코의 『용의자의 야간열차』를 보면서도 '기차가 최고다'라고 생각했고요. 아마 이 소설에 등장하는 공간들은 이런 오래된 그리고 지속되는 취향에서 비롯된 장소가 아닐까 합니다.

이소   소설에서 무언가를 이어주는 건 기차와 꿈만이 아니지요. 천사 역시 그러한 존재입니다. 항아의 각본에 따르면, 천사는 관계에서 태어나 관계가 끝나면 죽기 때문에 연인이 헤어지지 않도록 온 힘을 다해 노력하는 존재입니다. 비록 그 힘이 강하진 않지만 그렇다고 무력하지도 않아서, 누군가의 마음을 강제할 수는 없어도 미묘하게 상황을 밀고 당길 수는 있습니다. 그런데 제가 보기에 천사는 세 층위에 존재하는 것처럼 보입니다. 첫번째, 천사 연기를 선보이는, 그러나 단지

연기라고 할 수 없을 만큼 천사가 되어버린 배우들이 있습니다. 꿈속의 무대에 존재하는 천사들이지요. 두번째, 무대의 연기를 바라보는 '나'를 스치고 지나간, 보이진 않지만 "따뜻하고 가벼운 데다 아주 부드"러운 "열번째 배우"가 있습니다. 꿈속의 무대 바깥에도 천사가 있는 셈이지요. 세번째, '나'가 꿈에서 튕겨 나올 때마다 다시 그 꿈으로 돌아갈 수 있도록 끌어주는 어떤 힘. 저는 꿈의 바깥에도 '나'를 도와주는 힘이 있으며 그것이 천사의 손길이라고 느꼈습니다. 아마도 이 세번째 천사는 기차에서 내린 후에도 계속 '나'를 따라오겠지요. 장례식장에서 '나'가 휘청거릴 때도 슬쩍 몸을 밀어 넣고 버텨냈으리라 믿습니다.

하지만 문득 천사를 세 층위로 나누어 말한 제가 대단히 큰 착각을 하는지도 모르겠다는 생각이 듭니다. 천사는 구획을 정해 거주하는 존재가 아니라 오직 관계에서 태어난 존재이고, '나'와 항아의 관계는 꿈속이라고 사라지는 것도, 항아가 죽었다고 소멸되는 것도 아니니까요. 그렇다면 소설의 마지막, 사이다 잔의 거품들이 바닥에서 솟아나 날아오르고 터졌다 엉겨 붙는 것처럼 천사는 경계 따위 상관없이 언제 어디서나 곁에 머물며 최선을 다해 '나'를 도와주는 존재일까요. '나'의 꿈을 가로지르며, 항아의 죽음을 오르 내리며, 천사는 언제까지고 그들 사이에 남아 있을 수 있는 걸까요.

함윤이   말씀하신 해설이 정말 멋져서, 모든 말이 제 의도에 부합한다고 우기고 싶네요. 특히 "'나'가 꿈에서 튕겨 나올 때마다 [……] 다시 그 꿈으로 돌아갈 수 있도록 끌어주는 어떤 힘"에 관한 이야기가 참 좋아요.

이 소설을 쓰면서 보이지 않는 힘의 작용에 대해서, 가령 인력의 성질 등에 대해 생각했습니다. 다만 '천사'의 정의를 명확히 내리진 않았어요. 물론 '천사'란 문학을 비롯한 여러 허구에서 단골로 나오는 단어 혹은 역할이고, 그만큼 강한 상징성과 매력을 지닌 존재지요. 주로 수호자나 심판자처럼 신神적인 역할로 그려지면서, 초월적인 힘을 지니고 있고요. 다만 이 소설을 쓸 때는 그런 종류의 '강한' 힘에 주목하진 않았습니다. 항아의 시나리오에서처럼, 이 소설 속 '천사'들은 일견 나약하고도 쉽게 바스러지는 존재에

145   인터뷰 함윤이 × 이소

더 가까워요. 사이다 속 거품처럼 매번 바닥에서 솟아오르고 날아다니지만 금세 쉽게 터져버립니다. 그러다가도 언제 그랬냐는 듯 새로이 생겨나지요. 한순간의 이미지만 본다면 연약하지만 전체적인 성질로 보면 절대 스러지지 않으며 끈덕지게 이어지고 있어요. 이 천사들이 가진 연쇄적인 힘이 이소 평론가가 말씀해주신 "꿈으로 돌아갈 수 있도록 끌어주는 어떤 힘", 일종의 견인력 같은 에너지라고도 볼 수 있겠네요.

근 몇 년간 '시절 인연'이란 단어를 곰곰이 생각해봤어요. 이 단어에 익숙해지고 싶어서 그랬던 것 같아요. 예전엔 이 단어가 지닌 체념에 주목하다가 슬퍼지곤 했는데요, 요새는 이 단어를 이루는 아름다움이나 영원성 같은 것을 좀더 응시하고 있어요. 어떤 인연은 한 시절에만 머물고 어떤 시절이 지나면 몇 인연은 사라지며 그 변화를 막을 순 없어요. 그렇다고 해서 그 시절도 인연도 없던 일이 되진 않는 거죠. 굉장한 힘이라고 느껴요.

이소 일부러 다섯 시간 반이나 걸리는 무궁화호 기차를 탄 '나'를 보며, 저는 '나'와 항아가 아주 오랜

만에 만나는 모양이라고 추측했지만 차마 항아가 죽었으리라고는 생각지 못했습니다. 그래서 기차에 내린 '나'가 도착한 곳이 항아의 장례식장이란 걸 알게 된 순간, 덜컹거리던 기차의 온기와 끊어질 듯 이어지던 꿈결의 몽롱함이 일순간 차갑게 꺼지며 고요하게 내려앉는 듯한 느낌을 받았습니다. 그리고 마치 바로 그 부분에 도돌이표가 있는 것처럼, 처음으로 돌아가 다시 소설을 읽을 수밖에 없었습니다. 그 도돌이표에 이르러서야 '나'가 그토록 간절히 꿈을 이어서 꾸려고 했던 이유와 그렇게 꿈이 이어질 수 있도록 곁에서 꿈의 끝자락을 붙들고 '나'를 다독였을 천사의 존재가 선명하게 다가왔기 때문입니다.

흔히 애도가 성공하는 과정은 도식적이거나 성급하게 그려지기 쉽기 때문에, 대체로 문학은 애도의 성공보다 애도의 실패를 자주 다루게 됩니다. 이 소설 역시 애도가 성공한 모습을 그린 것은 아니지요. 상실은 이제 막 시작되었으니까요. 다만 그럼에도, 이 소설이 선택한 길이 애도의 실패를 예감하고 불가능성을 새기는 길이라기보다, 청산이나 망각은 아니지만 애도에는 성공하고 싶은 마음을 담은 길이라는 생각이 들었

인터뷰 함윤이 × 이소

습니다. 그런 길을 걷는 일은 혼자의 힘으로는 불가능하겠지요. 그러니 "누가 뭐래도 이 영화는 항아의 것이"라는 사실을 잊지 않는다면, 천사들의 도움을 기대하고 요청하는 일만큼은 참지 않아도 좋겠다는 생각이 듭니다. 어쩌면 죄의식을 품는 일보다 천사를 품는 일이 사랑하는 사람을 잃지 않는 길처럼 보입니다. 애도에 대한 함윤이 작가의 생각은 어떠신가요.

함윤이 가끔은 애도라는 단어를 입에 담는 것만으로 죄의식을 느낍니다. 이유를 굳이 파헤치고 싶지 않을 만큼 불편한 죄의식이에요. 아마 이 불편함은 사회적인 일이든 개인적인 일이든(많은 경우 양측이 서로 연결되지만요) 제가 어떤 사안에 관한 애도를 제대로 수행하지 않았음을 인정해야 한다는 생각에서 오는 것 같아요. 제 삶에서 과연 떳떳한 애도가 있었나 싶기도 하고요. 어떤 애도는 감상적으로만 흘러가고, 또 다른 애도는 상실을 도구화하며, 많은 애도는 나르시시즘의 형태로 구현되죠. 그런데 또 이러한 형태의 애도(들)가 진심이 아니라고 말할 수 있는지는 잘 모르겠어요. 이런 태도를 무작정 지양해야 한다고 말하기도 어려워요. 저 또한 몇몇 상실을 경험했고 가끔은 그 상처들을 자랑처럼 혹은 무기처럼 사용했어요. 무척 창피한 기억들이지만, 그 순간들이 오직 잘못되기만 했느냐 물으면 역시 혼란스럽습니다. 당시에는 그 순간을 버티기 위해 그런 수치를 저지른 게 아닌가 싶기도 해서요.

저는 직접 경험한 일들은 꽤 잘 기억하는 편이에요. 문득 과거를 돌이켜봤을 때, 아주 많은 순간 속에 천사들이 있었노라고 느껴요. '지나고 나니 모든 일이 다 순리대로 됐다' 같은 이야기를 하려는 건 아니고요. 다만 누군가와 만나고 헤어지는 과정에서, 당시엔 몰랐지만 그들을 알아가고 가깝게 만들어준 힘이 있던 것 같습니다. 그 힘을 사랑이라고 부를 수도 있고 천사라고 이름 붙일 수도 있을 거예요. 어쩌면 한참 뒤에는 이런 죄의식이나 수치심 또한 마땅히 제가 느껴야만 했던 힘으로 기억되지 않을까 싶네요. 이 답변을 정리하기 무척 어려웠는데요. 제 안에서 천사와 사랑 그리고 애도와 죄의식 또 수치심 등이 서로 그리 다르지 않다고 말하고 싶었던 것 같습니다.

인터뷰 함윤이×이소

이소　누구나 알겠지만 예술을 전공한 사람이라면 더 욱 뼈저리게 실감하는 것은, 예술을 전공했다 고 해서 누구나 예술로 밥벌이를 하며 살 수 있 진 않다는 사실이지요. 그래서 예술학도가 주인 공인 소설은 특유의 허무와 냉소를 지닌 경우가 많을 수밖에 없습니다. 영화를 좋아하는 사람들 은 많지만 "하나의 역할에 필요한 건 한 사람뿐 이"고, 시간이 흐르면 결국 남은 사람과 남지 못 한 사람으로 나뉠 수밖에 없으니까요. 그러나 실 은, 세 명의 배우를 뽑기로 한 오디션에서 아홉 명 모두를 뽑는다 해도 문제가 생기는 건 아닙니 다. "얼굴이 바뀔 뿐이지 여전히 그 여자, 그 남 자, 그 천사라는 약속만 있으면 되"는 것이고 언 제나 영화란 "잘 디렉팅하면 되"는 것이니까요. 물론 상당히 실험적인 작품이 되겠지만요.

항아와의 이별에 그와 함께 영화를 공부하던 시간이 포함될 수밖에 없다면, 이 이별에는 예 술과 청춘을 향한 이별도 얼마간 포함되지 않을 도리가 없을 것입니다. 그러니 '나'와 항아가 함 께 알던 사람들을 모아두고 항아의 영화를 위한 즉흥극을 하는 일은 항아와의 마지막 무대이기 도 하지만 '우리들의 그 시절'을 결산하는 무대이기도 합니다. 그런데도 이 무대가 비극적이지 않다는 사실이 흥미로웠습니다. "영화에서는 그런 게 가능해. 안 그래?" "모두 캐스팅하자" 이런 말들이 오가는 장면에서, 저는 함윤이 작가가 생각하는 '예술이 세상의 무수한 이별에 대응하는 방식'이란 어쩌면 이런 모습을 하고 있을지도 모르겠다는 생각이 들었습니다. 그런 의미에서 이 소설을 예술에 대한 소설, 혹은 소설에 대한 소설로도 충분히 읽을 수 있었습니다. 이에 대한 설명을 조금 더 듣고 싶습니다.

함윤이 예술이 무엇인지에 관한 명제를 마음속에 분명히 정해두진 않았지만요(그런 사람이 얼마나 되겠느냐만은……), 처음 이야기를 만들었을 때의 욕망은 분명하게 기억합니다. 저는 좋아하는 책, 영화, 드라마, 특히 시리즈로 된 이야기가 끝나는 것을 무척 두려워하는 어린이였는데요. 그 상실을 너무 견디기 어려워 '이야기를 직접 만드는 사람이 되면 영영 이별할 일이 없지 않을까?' 생각했어요. 지금은 이야기를 만들어도 끊임없이 이별과 마주해야 한다는 사실을 잘 알게 됐지만, 글을 쓰는 과정에서 이별을 직접 만들고 또 받아들이는 방법을 배울 수 있었습니다. 그런 면에선 이소 평론가가 짚어주신 대로 저에게 예술이 '세상의 무수한 이별에 대응하는 방식'일 수 있겠네요.

「천사들(가제)」가 예술이나 소설에 관한 소설이라고 딱 짚어서 생각하진 않았는데요. 그래도 쓰는 과정에서 이런저런 작품을 함께 만든 친구들을 떠올리긴 했어요. 지난 몇 년간 단짝 친구들과 영화나 게임, 책 같은 걸 함께 만들었는데요. 이렇게 정리해 말하면 제법 근사해 보이지만 실은 미숙한 소통과 자질구레한 싸움 그리고 애매한 화해의 연속인 시간이었습니다. 여전히 그들과 종종 전화하고 안부를 물으면서, 나나 얘(들)나 서로의 생명을 어느 정도 책임지고 있구나 생각해요. 법으로도 혈연으로도 연결되어 있지 않지만, 그럼에도 서로의 삶에 일종의 책임을 갖고 있다고요. '그 시절'이 지나도 이 책임은 떠나지 않고 몸 어딘가에 새겨져 있는 듯합니다. 그 책임감을 예술과 연결 지을 수도 있으려나요? 하여간 이 책임을 좀 오래 지고 싶다곤 생각합니다. 서로 잘 매달려 있고 싶어요.